教育部
新编语文教材
拓展阅读书系

# 精神的三间小屋

毕淑敏　著

长江出版传媒　长江文艺出版社

# 高端阅读指导委员会

## （系各省教研员）

# 目 ◆ 录

## 人生沉思

风的青睐 / 3

我的五样 / 5

精神的三间小屋 / 10

握紧你的右手 / 14

关于生命与命运的遐想 / 16

没有一棵小草自惭形秽 / 21

最单纯的生活必需品 / 23

购买一个希望 / 26

童话中的苦难 / 28

风不能把阳光打败 / 32

宁静有一种特殊的力量 / 34

节气是一种命令 / 36

谎言三叶草 / 38

忍受快乐 / 42

"我羡慕你" / 46

在火焰中思索 / 48

1

被老师读作文的时候 / 50

汽车是奔逸的延伸 / 54


## 提醒幸福

幸福的七种颜色 / 61

提醒幸福 / 65

幸福的尺度 / 69

柔和 / 72

幸福盲 / 74

幸福和不幸永在 / 76

谈怕 / 79

爱怕什么 / 82

轰毁你心中的魔床 / 85

额头与额头相贴 / 88

再选你的父母 / 93

家的疆域 / 98

家问 / 100

最大的缘分 / 104

常常爱惜 / 106

淑女书女 / 108

我所喜爱的女性 / 110

## 心灵絮语

造心 / 115

心"是" / 118

挖掘心灵第一图 / 120

人心的喜马拉雅 / 124

心灵的盛宴 / 127

心是一只美丽的小箱子 / 129

心境防割 / 131

我很重要 / 134

切开忧郁的洋葱 / 138

看着别人的眼睛 / 142

让我们倾听 / 146

在纸上写下你的忧伤 / 151

抑郁的源头 / 156

蚕是被自己的丝裹住的 / 158

孤独是一种兽性 / 161

灵魂飞翔的地方 / 163

苍茫之悟 / 166

## 远行风景

旅行使我们谦虚 / 169

世界观与观世界 / 171

山河试卷 / 175

深绿是浅绿的弟弟 / 179

海明威的最后一分钱 / 181

桦树舍利 / 185

亚心守望者 / 188

白兰瓜 / 191

黑牛引路的民族 / 195

山妖的阶梯 / 198

跨越冰河的驯鹿 / 201

最好吃的巧克力 / 207

戴胡子的女法老 / 212

轰先生的苹果树 / 215

童话世界里的幸福国王 / 219

旅游预习 / 222

**我这样教学《精神的三间小屋》**　执教：李劢 / 225

人生沉思

# 风的青睐

　　400年前的法国人蒙田，说过这样一句话——风不会对漫无目的者有所青睐。"青睐"是指一个人用黑眼珠子看着你。这是一句否定句，意思是假如你有了坚定的目标，整个大自然将帮助你。

　　风是什么呢？风是一股看不见摸不着的力量。风吹的时候，影响着我们，逆风或是顺风，对我们的速度和方向都有强烈的影响。就连飞机的钢铁巨翅，也不敢对风等闲视之。

　　人生的目的很重要。这个目的是谁给我们预定的呢？没有人。你的父母、你的师长、你的朋友，都可能参与你的目的的制定，但他们不是决定的力量。最后的赞成或是否决票，在你手里。如果你对自己说，我才不要什么人生的目的这种奇怪的东西，那么，你也是有一个目的了，那就是"虚无"。

　　一个没有方向感的人，如何行走呢？看看醉汉就明白了。跟跟跄跄、东倒西歪、昏乱嘟囔着，没有人知道他要到哪里去，更不知道他的归宿在何方……有着这种精神的吉卜赛人，终身流浪在灵魂的荒原。

　　还有一些人，把某种流行的腐朽说法或是误区当成了自己的目的。这种"镜花水月"的伪目标，只能引诱感官的堕落和本能的麻痹。

　　目的通常是阔大的、依稀的，但它确实存在着，一如晨曦。你从未摸到晨曦，但你每天都可以看到它。即使乌云蔽日的时候，你也坚忍不拔地确信，在高远之处，晨曦依然发出温暖的红色光芒。

一个有目的的人，走路的姿势是向前的。他们通常不会在跌倒之后太长久地抚摸伤痛，而是在短暂的昏厥之后迅速清醒，用身边的树枝或是草叶捆扎好伤口，就蹒跚着上路了。他们走得慢，但很坚定，不会因为风险而避开既定的方向，也不会为路边一些小的花果而长时间地流连忘返。当然也有痴迷和混沌的时候，但他们能够重新恢复思考，从容向前……

　　风的青睐，是无价的礼物。只要你坚定地确立了自己的目标，努力下去，就会发现天地万物都来帮你了。

# 我的五样

　　老师出了题目——写下"你生命中最宝贵的五样东西"，我拿着笔，面对一张白纸，周围一下静寂无声。万物好似缩微成超市货架上的物品，平铺直叙摆在那里，等待你的挑选。货筐是那样小而致密，世上的林林总总，只有五样可以塞入。

　　也许是当过医生的缘故，片刻的斟酌之后，我本能地挥笔写下：空气、水、太阳……

　　这当然是不错的。你不可能设想在一个没有空气和水的星球上，滋长出如此斑斓多彩的生命。但我很快发现自己陷入了困境——如果继续按照医学的逻辑推下去，马上就该写下心脏和气管，它们对于生命之泵也是绝不可缺的零件。结果呢，我的小筐子立马就装满了，五项指标额度用尽。想想那答案的雏形将是：我生命中最宝贵的东西——空气、水、阳光、气管、心脏……哈！充满了科普意味。

　　如此写下去，恐有弊病。测验的功能，是辅导我们分辨出什么是自我生命中最重要的因子，以致面临人生的重大选择和丧失时，会比较地镇定从容，妥帖地排出轻重缓急。而我的答案，抽象粗放大而化之，缺乏甄别和实用性。

　　改弦易辙。我决定在水、空气和阳光三要素之后，写下对我个人，更为独特和生死攸关的因子。

　　于是，第四样——鲜花。

　　真有些不好意思啊。挂着露滴的鲜花，那样娇弱纤巧，似乎和庄严的题目开了一个玩笑。但我真是如此地挚爱它们，觉得它们美

5

轮美奂，不可或缺。绚烂的有刺的鲜花，象征着生活的美好和无可回避的艰难，愿有一束火红的玫瑰，伴我到天涯。

写下鲜花之后，仅剩一样挑选的余地了。刹那间，无数声音充斥耳鼓，呱呱地申述着自己的不可替代性，想在最后一分钟，挤进我珍贵的小筐。

偷着觑了一眼同学们的答案，不禁有些惶然。

有人写下："父母"。我顿觉自己的不孝。是啊，对于我的生命来说，父母难道不是极为宝贵的因素吗？且不说没有他们哪来的我，单是一想到他们会先我而去，等待我的是生离死别，永无相见，心就极快地冰冷成坨。

有人写下："孩子"。我惴惴不安，甚至觉得自己负罪在身。那个幼小的生命，与我血脉相连。我怎能在关键的时刻，将他遗漏？

有人写下："爱人"。我便更惭愧了。说真的，在刚才的抉择过程中，几乎将他忘了。或许因为潜意识里，认为在未曾识得他之前，我的生命就已存在许久。我们也曾有约，无论谁先走，剩下的那人都要一如既往地好好活着。既然当初不是同月同日生，将来也难得同月同日死，彼此已商定不是生命的必需，未进提名，也有几分理由吧？

正不知将手中的孤球，抛向何处，老师一句话救了我。她说，这生命中最宝贵的东西，不必从逻辑上思索推敲是否成立，只需是你情感上的真爱即可。

凝神再想。

略一顿挫之后，拟写"电脑"。因为基本上已不用笔写作，电脑便成了我密不可分的工作伴侣。落笔之际我凝思，电脑在此处，并不只是单纯的工具，当是一种象征，代表我挚爱的劳动和神圣的职责。很快又联想到电脑所受制约较多，比如停电或是病毒入侵，都会让我无所依傍。唯有朴素的笔，虽原始简陋，却可朝夕相伴风雨兼程。

于是洁白的纸上，记下了我生命中最宝贵的五样东西——水、阳光、空气、鲜花和笔。（未按笔画为序，排名不分先后。）

同学们嘻嘻笑着，彼此交换答案。一看之后，却都不作声了。我吃惊地发现，每人的物件，万千气象，绝不雷同，有些简直让人瞠目结舌。比如某男士的"足球"，某女士的"巧克力"，在我就大不以为然。但老师再三提示，不要以自己的观点去衡量他人，于是不露声色。

接下来，老师说，好吧，每个人在你写下的五样当中，划去相对不那么重要的一样，只剩下四样。

权衡之后，我在五样中的"鲜花"一栏旁边，打了一个小小的"×"字，表示在无奈的选择当中，将最先放弃清丽芬芳的它。

老师走过来看到了，说，不能只是在一旁做个小记号，放弃就意味着彻底的割舍。你必得用笔把它全部涂掉。

依法办了，将笔尖重重刺下。当鲜花被墨笔腰斩的那一刻，顿觉四周惨失颜色，犹如本世纪初叶的黑白默片。我拢拢头发咬咬牙，对自己说，与剩下的四样相比，带有奢侈和浪漫情调的鲜花，在重要性上毕竟逊了一筹，舍就舍了吧。虽然花香不再，所幸生命大致完整。

请将剩下的四类当中，再剔去一种，仅剩三样。老师的声音很平和，却带有一种不容商榷的断然压力。

我面对自己的纸，犯了难。阳光、水、空气和笔……删掉哪样是好？思忖片刻，提笔把"水"划去了。从医学知识上讲，没有了空气，人只能苟延残喘几分钟，没有了水，在若干小时内尚可坚持。两害相权取其轻吧。

也许女人真是水做的骨肉，"水"一被勾销，立觉喉咙苦涩，舌头肿痛，心也随之焦躁成灰，人好似成了金字塔里风干的长老。

我已经约略猜到了老师的程序，便有隐隐的痛楚弥漫开来。不断丧失的恐惧，化作乌云大兵压境。痛苦的抉择似一条苦难巷道，弯弯曲曲伸向远方。

果然，老师说，继续划去一样，只剩两样。

这时教室内变得很寂静，好似荒凉的冢。每个人都在冥思苦想举棋不定。我已顾不得探查他人的答案，面对着自己人生的白纸，愁肠百结。

笔、阳光、空气……何去何从？

闭起眼睛一跺脚，我把"空气"划去了。

刹那间好像有一双阴冷的鹰爪，丝丝入扣地扼住我鲠嗓咽喉。手指发麻眼冒金星，心擂如鼓气息屏窒……

我曾在海拔五千多米的冰山上攀援绝壁，缺氧的滋味撕心裂肺。无论谁隔绝了空气，生命便飘然而逝。一切只能成为哲学意义上的讨论。

好了，现在再划去一样，只剩下最后一样。老师的音调很温和，但执着坚定充满决绝。对已是万般无奈之中的我们，此语一出，不啻惊雷。

教室内已经有轻轻的哭泣声。人啊，面临丧失，多么软弱苦楚。即使只是一种模拟，已使人肝肠寸断。

笔和阳光。它们在纸上誓不两立地注视着我，陷我于深重的两难。

留下太阳吧——心灵深处在反复呼唤。妩媚温暖明亮洁净，天地一派光明。玫瑰花会重新开放，空气和水将濡养而出，百禽鸣唱，欢歌笑语。曾经失去的一切，都会在不知不觉当中悄然归来。纵使除了阳光什么也没有，也可以在沙滩上直直地卧晒太阳哇。

想到这里，心的每一个犄角，都金光灿灿起来。

只是，我在哪里？在干什么？

我看到自己孤独的身影，在海边寂寞的椰子树下拉长缩短，百无聊赖。孤独地看日出日落，听潮涨潮落。

那生命的存在，于我还有怎样的意义?！我执着地扬起头来问天。

天无语。

自问至此，水落石出。我慢而稳定地拿起笔，将纸上的"太阳"划掉了。

偌大一张纸，在反复勾勒的斑驳墨迹中，只残存下来一个固守的字——"笔"。

这种充满痛苦和抉择的测验，像一个渐渐缩窄的闸孔，将激越的水流凝聚成最后的能量，冲刷着我们的纷繁的取向。当那通道变得一夫当关，万夫莫开之时，生命的重中之重，就简洁而挺拔地凸立了。

感谢这一过程，让我清晰地得知什么是我生命中的真爱——就是我手中的这支笔啊。它噗噗跳动着，击打着我的掌心，犹如我的另一颗心脏，推动我的一腔热血四肢百骸。

突然发现周围万籁无声。人们在清醒地选择之后，明白了自己意志的支点，便像婴儿一般，单纯而明朗的宁静了。

我细心地收起这张白纸，一如珍藏一张既定的船票。知道了航向和终点，剩下的就是帆起桨落战胜风暴的努力了。

# 精神的三间小屋

面对那句"人的心灵应该比大地、海洋和天空都更为博大"的名言，人们往往会自惭自秽。我们难以拥有那样雄浑的襟怀，不知累积至那种广袤，需如何积攒每一粒泥土、每一朵浪花、每一朵云霓？

甚至那句恨不能人人皆知的中国古话——宰相肚里能撑船，也让我们在敬仰之余，不知所措。也许因为我们不过是小小的草民，即便怀有效仿的渴望，也终是可望而不可即，便以位卑宽宥了自己。

两句关于人的心灵的描述，不约而同地使用了空间的概念。人的肢体活动需要空间。人的心灵活动也需要空间。那容心之所，该有怎样的面积和布置？

人们常常说，安居才能乐业。如今的城里人一见面，就问，你是住两居室还是三居室啊？……喔，两居室窄巴点，三居室虽说并不富余，也算小康了。

身体活动的空间是可以计量的，心灵活动的疆域，是否也可有个基本达标的数值？

有一颗大心，才盛得下喜怒，输得出力量。于是，宜选月冷风清竹木潇潇之处，为自己的精神修建三间小屋。

第一间，盛着我们的爱和恨。对父母的尊爱，对伴侣的情爱，对子女的疼爱，对朋友的关爱，对万物的慈爱，对生命的珍爱……对丑恶的仇恨，对污浊的厌烦，对虚伪的憎恶，对卑劣的蔑视……这些复杂而对立的情感，林林总总，会将这间小屋挤得满满，间不容发。你的一生，经历过的所有悲欢离合、喜怒哀乐，仿佛以木石制作的古老乐器，铺陈在精神小屋的几案上，一任岁月飘逝，在某一个金戈铁血之夜，它们会无师自通，与天地呼应，铮铮作响。假若爱比恨多，小屋就光明温暖，像一座金色池塘，有红色的鲤鱼游弋，那是你的大福气。假如恨比爱多，小屋就阴风惨惨，厉鬼出没，你的精神悲戚压抑，形销骨立。如果想重温祥和，就得净手焚香，洒扫庭除。销毁你的精神垃圾，重塑你的精神天花板，让一束圣洁的阳光，从天窗洒入。

无论一生遭受多少困厄欺诈，请依然相信人类的光明大于暗影。哪怕是只多一个百分点呢，也是希望永恒在前。所以，在布置我们的精神空间时，给爱留下足够的容量。

第二间小屋，盛放我们的事业。

一个人从二十五岁开始做工，直到六十岁退休，他要在工作岗位上度过整整三十五年的时光。按一日工作八小时，一周工作五天，每年就要为你的职业付出两千个小时。倘若一直干到退休，那就是七万个小时。在这个庞大的数字面前，相信大多数人都会始于惊骇，终于沉思。假如你所从事的工作，是你的爱好，这七万个小时，将是怎样快活和充满创意的时光！假如你不喜欢它，漫长的七万个小时，足以让花容磨损，日月无光，每一天都如同穿着淋湿的衬衣，针芒在身。

我不晓得一下子就找对了行业的人，能占多大比例。从大多数人谈到工作时乏味麻木的表情推算，估计这样的幸运儿不多。不要轻觑了事业对精神的濡养或反之的腐蚀作用，它以深远的力度和广度，挟持着我们的精神，以成为它麾下持久的人质。

适合你的事业，不靠天赐，主要靠自我寻找。这不但是因为相宜的事业，并非像雨后白桦林中的菌子一样，俯拾即是，而且因为我们对自身的认识，也是抽丝剥茧，需要水落石出的流程。你很难预知，将在十八岁还是四十岁甚至更沧桑的时分，才真正触摸到倾心的爱好。当我们太年轻的时候，因为尚无法真正独立，受种种条件的制约，那附着在事业外壳上的金钱地位，或是其他显赫的光环，也许会灼晃了我们的眼睛。当我们有了足够的定力，将事业之外的赘生物一一剥除，露出它单纯可爱的本质时，可能已耗费半生。然费时弥久，精神的小屋，也定需住进你所爱好的事业。否则，鸠占鹊巢，李代桃僵，那屋内必是鸡飞狗跳，不得安宁。

我们的事业，是我们的田野。我们背负着它，播种着，耕耘着，收获着，欣喜地走向生命的远方。规划自己的事业生涯，使事业和人生呈现缤纷和谐、相得益彰的局面，是第二间精神小屋坚固优雅的要诀。

第三间，安放我们自身。

这好像是一个怪异的说法。我们自己的精神住所，不住着自己，又住着谁呢？

可它又确是我们常常犯下的重大失误——在我们的小屋里，住着所有我们认识的人，唯独没有我们自己。我们把自己的头脑变成他人思想汽车驰骋的高速公路，却不给自己的思维留下一条细细的羊肠小道。我们把自己的头脑变成搜罗最新信息网络八面来风的集装箱，却不给自己的发现留下一个小小的储藏盒。我们说出的话，无论声音多么嘹亮，都是别的喉咙嘟囔过的；我们发表的意见，无论多么周全，都是别人的手指圈画过的。我们把世界万物保管得很好，偏偏弄丢了开启自己的钥匙。在自己独居的房屋里，找不到自己曾经生存的证据。

如果真是那样，我们精神的小屋，不必等待地震和潮汐，在微风中就悄无声息地坍塌了。它纸糊的墙壁化为灰烬，白雪的顶棚变作泥泞，露水的地面成了沼泽，江米纸的窗棂破裂，露出惨淡而真实的世界。你的精神，孤独地在风雨中飘零。

三间小屋，说大不大，说小不小。非常世界，建立精神的栖息地，是智慧生灵的义务，每人都有如此的权利。我们可以不美丽，但我们健康。我们可以不伟大，但我们庄严。我们可以不完满，但我们努力。我们可以不永恒，但我们真诚。

当我们把自己的精神小屋建筑得美观结实，储物丰富之后，不妨扩大疆域，增修新舍。矗立我们的精神大厦，开拓我们的精神旷野。因为，精神的宇宙是如此地辽阔啊。

# 握紧你的右手

常常见女孩郑重地平伸着自己的双手，仿佛托举着一条透明的哈达。看手相的人便说，男左女右。女孩把左手背在身后，把右手手掌对准湛蓝的天。

常常想世上可真有命运这种东西？它是物质还是精神？难道说我们的一生都早早地被一种符咒规定，谁都无力更改？我们的手难道真是激光唱盘，所有的祸福都像音符微缩其中？

当我沮丧的时候，当我彷徨的时候，当我孤独寂寞悲凉的时候，我曾格外地相信命运，相信命运的不公平。

当我快乐的时候，当我幸福的时候，当我成功优越欣喜的时候，我格外地相信自己，相信只有耕耘才有收成。

渐渐地，我终于发现命运是我怯懦时的盾牌，当我叫嚷命运不公最响的时候，正是我预备逃遁的前奏。命运像一只筐，我把自己对自己的姑息、原谅以及所有的延宕都一股脑地塞进去，然后蒙一块宿命的轻纱。我背着它慢慢地向前走，心中有一份心安理得的坦然。

有时候也诧异自己的手。手心叶脉般的纹路还是那样琐细，但这只手做过的事情，却已有了几番变迁。

在喜马拉雅山、冈底斯山、喀喇昆仑山三山交汇的高原上，我当过卫生员。在机器轰鸣铜水飞溅的重工业厂区里，我做过主治医师。今天，当我用我的笔杆写我对这个世界的想法时，我觉得是用我的手把我的心制成薄薄的切片，置于真和善的天平之上……

高原呼啸的风雪，卷走了我一生中最好的年华，并以浓重的阴影，倾泻于行程中的每一处驿站。

岁月送给我苦难，也馈赠我清醒与冷静。我如今对命运的看法，恰恰与少年时相反。

当我快乐当我幸福当我成功当我优越当我欣喜的时候，当一切美好辉煌的时刻，我要提醒我自己——这是命运的光环笼罩了我。在这个环里，居住着机遇，居住着偶然性，居住着所有帮助过我的人。

而当我挫折和悲哀的时候，我便镇静地走出那个怨天尤人的我，像孙悟空的分身术一样，跳起来，站在云头上，注视着那个不幸的人，于是，我清楚地看到了她的软弱，她的懦怯，她的虚荣以及她的愚昧……

年近不惑，我对命运已心平气和。

小时候是个女孩，大起来成为女人，总觉得做个女人要比男人难，大约以后成了老婆婆，也要比老爷爷累。

生活中就像没有无缘无故的爱一样，也没有无缘无故的幸运。对于女人，无端的幸运往往更像一场阴谋一个陷阱的开始。我不相信命运，我只相信我的手。

因为它不属于冥冥之中任何未知的力量，而只属于我的心。我可以支配它，去干我想干的任何一件事情。我不相信手掌的纹路，但我相信手掌加上手指的力量。

蓝天下的女孩，在你纤细的右手里，有一粒金苹果的种子。所有的人都看不见它，唯有你清楚地知道它将你的手心炙得发痛。

那是你的梦想，你的期望！

女孩，握紧你的右手，千万别让它飞走！相信自己的手，相信它会在你的手里，长成一棵会唱歌的金苹果树。

# 关于生命与命运的遐想

甲为乙办事，乙就付给甲报酬，价钱彼此可以谈得很清楚。

甲为乙丙两人办事，乙丙就付报酬给甲，也是很清楚的事。但每个人只需付二分之一，也很明白。

甲若是为百个人办事，无论每个人得的收益如何，大家只觉得付给甲百分之一是正当的，否则就是甲多吃多占了。

假如甲为一千个人、十万个人服务呢？假如他服务的人群数字再无限地增大下去呢？按照数学的规律，这个无穷大的分之一，结果就是零。

也就是说，受惠的人群可以心安理得地享受甲的劳动成果，却不必为此支付报酬，甚至连感谢都不必说一声。

这就是为什么传说中的英雄丹柯掏出自己的心，燃烧起来为众人引路。危险过去后，人们会把他跌落地上仍在发光的心踩灭。

这不是众人的无情，是铁的规律。

文学在某种意义上，就是这种为无穷大的民众服务的事业。

所以它的清贫与无功利性，几乎是命中注定的。

矢志于这一行的人，不必愤愤不平，只问自己是否愿意承受。

人的生命是一根链条，永远有比你年轻的孩子和比你年迈的老人。我们每个人都有自己的位置，它是一宗谁也掠夺不去的财宝。不要计较何时年轻，何时年老。只要我们生存一天，青春的财富，就闪闪发光。能够遮蔽它的光芒的暗夜只有一种，那就是你自以为已经衰老。

人类的表情肌，除了表达笑容，还用以表达愤怒、悲哀、思索、惆怅以至绝望。它就像天空中的七色彩虹，相辅相成。所有的表情都是完整的人生所必需的，是生命的元素。

痛苦有两种存在形式——包裹着和开放着。

就我个人来讲，我比较喜欢开放的痛苦。它就像会褪色的毛衣一样，在阳光下渐渐失去新鲜的色彩。

有些人不敢敞开自己的痛苦，是因为惧怕打开痛苦那一瞬刺入肺腑的疼痛。但包裹着的痛苦会像癌症一般生长，蔓延，吞噬我们的心灵。

我们只要把最猛烈的痛苦坚挺过去，就会发现可以比较从容地收拾痛苦的残骸了。

每个人的血液中都有与众不同的液体，可惜我们往往意识不到。如果有一种可以测量出我们特殊才能的仪器，我们就会发现有多少人荒废了他们的才能，终生在从事和他们天性相悖的职业。

每个人都在寻找，从幼年就开始找。找准了自己位置的人，是极少数的幸运者。

许多人在暗中摸索了一生，终究在迷茫中告别。如果我们找到了自己爱好的事业，万万不要放松。它会使我们不再计较得失，最大限度地感到自己存在的价值。

生理是心理的镜子。

每个人都是他自己的朋友和杀手。许多人的疾病其实是自身心理攻击生理造成的。一个人越是懦弱，他伤害自己的频率越高。

无论爱一个人还是恨一个人，有时都是很残忍的事情。

爱和恨，都有两个层面，一个是精神，一个是肉体。

你嘘寒问暖或是往对方脸上泼硫酸，都是首先作用于肉体，然后传递于心灵。你呵护或是残害他的灵魂，作用要更为深远得多。肉体和精神有时相连，有时隔膜。有的人肉体残缺后精神愈加完整，有的人躯体强健，精神却是破碎的。精神可以支配肉体，肉体却不可能控制精神。

小的危机就像感冒，不单是无法完全避免的，而且还可以给人以刺激，调动防御能力，增加免疫功能。

但是注意不要转成肺炎。

每个人都会有伤口。有的人愈合得天衣无缝，有的人留下累累疤痕。

这当然和利物刺进的深浅有关了。但我们经常看到，有的人，在深刻的创伤之后，仍然完整光滑。有的人，在小小不言的刺激下，就面目全非了。

在医学上，后一种人有一个特殊的名称，叫作——疤痕体质。

愿我们每一个人都不是意志上的疤痕体质。

我们可以受伤，我们可以流血。但我们要在最短的时间里，医治好自己的伤口，尽可能整旧如新。

没有快乐，谁也别想留住健康。

眼睛对眼睛，是可以说话的。它们进行无声的交流，在这种通行的世界语里，容不得谎言，用不着翻译。它们比嘴巴更真实地反映着一个人隐秘的内心世界。

我们可以吓唬别人，但不可以吓唬病人。当我们患病的时候，精神是一片深秋的旷野。无论多么轻微的寒风，都会引起萧萧黄叶的凋零。

让我们像呵护水晶一样呵护病人的心灵。

生命的燧石在死亡之锤的击打下，易于迸溅灿烂的火花。死亡使一切结束，它不允许反悔。无论选择正确还是谬误，死亡都强化了它的力量。尤其是死亡的前夕，大奸大恶，大美大善，大彻大悟，大悲大喜，都有极淋漓的宣泄，成为人生最后的定格。

一个人有太多选择的时候，常常径直选了那最容易、最易在短时间内见成效的一条路。一个人只有一种选择的时候，实际上丧失了选择，只是接受命运。所以选择不宜太多也不宜太少，以能充分发挥意志、表达信念为最好。

惊奇，是天性的一种流露。

生命的第一瞬就是惊奇。我们周围的世界，为什么由黑暗变明朗？为什么由水变成了汽？温度为什么由温暖变得清凉？外界的声音为何如此响亮？那个不断俯视我们亲吻我们的女人是谁？……

从此我们在惊奇中成长。

这个世界上，有多少值得惊奇的事情啊。苹果为什么落地，流星为什么下雨，人为什么兵戎相见，史为什么世代更迭……

孩子大睁着纯洁的双眼，面对着未知的世界，不断地惊奇着，探索着，在惊奇中渐渐长大。

惊奇是幼稚的特权，惊奇是一张白纸。

当我沮丧的时候，当我彷徨的时候，当我孤独寂寞悲凉的时候，我曾格外地相信命运，相信命运的不公平。

世上可真有命运这种东西？它是物质还是精神？难道说我们的一生都早早地被一种符咒规定，谁都无力更改？我们的手难道真是激光唱盘，所有的祸福都像音符微缩其中？

不幸者常常愿意同幸运者相比，抱怨自己的运气。

幸运者常常不愿同不幸者相比，相信自己的努力。

命运中的不速之客永远比有速之客来得多。

所以应付前一种客人，是人生的必修。他既为客，就是你拒绝不了的。所以怨天尤人没有用，平安地尽快把客人送走，才是高明的主人。

命运是我怯懦时的盾牌，当我叫嚷命运不公最响的时候，正是我预备逃遁的前奏。命运像一只筐，我把对自己的姑息、原谅以及所有的延宕都一股脑地塞进去，然后蒙一块宿命的轻纱。我背着它慢慢地向前走，心中有一分心安理得的坦然。

当我快乐当我幸福当我成功当我优越当我欣喜的时候，当一切美好辉煌的时刻，我要提醒我自己——这是命运的光环笼罩了我。

在这个环里，居住着机遇，居住着偶然性，居住着所有帮助过我的人。

假如在这死亡将至的时候，依然刻骨铭心地惦记着一件事，依然期望等待，不依不饶，那这个心愿便集中反映了一个人的个性，甚至是他生命的支点。古人说的死不瞑目，指的就是这种情况。

死亡基本上可以分为两种——有准备的死和没有准备的死。猝死就是没有准备的死（当然在广义上除了极幼小的孩童，我们都或多或少考虑过死亡），有准备的死则是一个缓慢的过程。人们冷静地回忆自己的一生，犹如上溯一条绵长的河流。世俗的纠缠，在死亡的背景之上，它平素所具有的魔力，异乎寻常地浅淡了，人便格外的公允格外的豁达，有置身物外的超然与智慧。

# 没有一棵小草自惭形秽

被人邀请去看一棵树，一棵古老的树。大约有五千年的历史，已被唐朝的地震弯折了腰，半匍匐着，依然不倒，享受着人们尊敬的注视。

我混在人群中直着脖子虔诚地仰望着古树顶端稀疏的绿叶，一边想，人和树相比是多么的渺小啊。人生出来，肯定是比一粒树种要大很多倍，但人没法长得如树般伟岸。在树小的时候，人是很容易就把树枝包括树干折断，甚至把树连根拔起，树就结束了生命。就算是小树长成了大树，归宿也是被人伐了去，修成各种各样实用的物件。长得好的树，花纹美丽木质出众，也像美女一样，红颜薄命，被人劫掠的可能性更大，于是很多珍贵的树种濒临灭绝。在这一点上，树是不如人的。美女可以人造，树却是不可以人造的。

树比人活得长久，只要假以天年，人是绝对活不过一棵树的。树并不以此做人，爷爷种下的树，照样以硕硕果实报答那人的孙子或是其他人的后代。

通常情况下，树是绝对不伤人的。即便如前几天报上所载一些村民在树下避雨，遭了雷击致死，那元凶也不是树，而是闪电，树也是受害者。人却是绝对伤树的，地球上森林数量的锐减就是明证，人成了树的天敌。

树比人坚忍。在人不能居住的地方，树却裸身生长着，不需要炉火或是空调的保护。树会帮助人的，在饥馑的时候，人扒过树的皮以充饥，我们却从未听到过树会扒下人的什么零件的传闻。

很多书籍记载过这棵古树，若是在树群里评选名人的话，这棵古树是一定名列前茅了。很多诗人词人咏颂过这棵古树，如果树把那些词句都当作叶子一般披挂起来，一定不堪重负。唐朝的地震不曾把它压倒，这些赞美会让它扑在地上。

树的寿命是如此地长久，居然看到过妲己那个朝代的事情。在我们死后很多年，这棵古树还会枝叶繁茂地生长着。一想到这一点，无边的嫉妒就转成深深的自卑。作为一个人活不了那么久远，伤感让我低下头来，于是我就看到了一棵小草，一棵长在古树之旁的小草。只有细长的两三片叶子，纤细得如同婴儿的睫毛。树叶缝隙的阳光打在草叶的几丝脉络上，再落到地上，阳光变得如绿纱一样飘浮了。

这样一株柔弱的小草，在这样一棵神圣的树底下，一定该俯首称臣毕恭毕敬了吧？我竭力想从小草身上找出低眉顺眼的谦卑，最后以失望告终。这棵不知名的小草，毫无疑问是非常渺小的。就寿命计算，假设一岁一枯荣，老树很可能见过小草五千辈以前的祖先。就体量计算，老树抵得过千百万小草集合而成的大军。就价值来说，人们千里万里路地赶了来，只为瞻仰老树，我敢肯定没有一个人是为了探望小草。

既然我作为一个人，都在古树面前自惭形秽了，小草你怎能不顶礼膜拜？我这样想着，就蹲下来看着小草。在这样一棵历史久远声名卓著的古树身边为邻，你岂不要羞愧死了？

小草昂然立着，我向它吐了一口气，它就被吹得蜷曲了身子，但我气息一尽，它就像弹簧般伸展了叶脉，快乐地抖动着。我再吹一口气，它还是在弯曲之后怡然挺立。我悲哀地发现，不停地吹下去，到我气绝倒地的一刻，小草却安然。

草是卑微的，但卑微并非指向羞惭。在庄严的大树身旁，一棵微不足道的小草都可以毫不自惭形秽地生活着，何况我们万物灵长的人类！

# 最单纯的生活必需品

　　迪士尼版的《森林王子》，描写一个人类婴孩，偶入大森林，被野狼阿力一家收养，在大熊巴鲁、黑豹巴希拉等动物的呵护与培养下，成为友善、勇敢、智慧、快乐的少年。描绘了一幅人与动物在大自然的怀抱中，和谐相处的图画。

　　片中各种动物的造型和举止，颇符合物种个性的特征，险而不惊。特别是蟒蛇与巴克利的斗智斗勇，美妙的搏斗场面，既让人想起蛇那油光水滑阴险狡诈的秉性，被它的盘旋晕得眼花缭乱，又让人在紧张中怡情，充满了机警的悬念。大熊巴鲁为了拯救巴克利，与森林王老虎谢利展开了殊死搏斗，以致昏倒在地。黑豹巴希拉误以为它已阵亡，心情激动地致了一段感人肺腑的悼词。大熊巴鲁慢慢苏醒后躺在地上，一动不动地倾听着，在庄严肃穆中，引出人们啼笑皆非的泪水。

　　巴鲁复苏之后，开始教导人类的孩子巴克利，如何在大自然中生活。那只载歌载舞的憨厚大熊，反复吟唱着一句话——"让我们，得到，最单纯的生活必需品……"

　　真是令人拍案叫绝的真理——最单纯的生活必需品——由一只熊告诉我们。

　　人想活着，就必然有一些必不可少的物件陪伴左右。几年前，我见到一个乡下孩子和一个城里孩子在做游戏。一张卡片，正面写着问题，背面写着答案。双方看着问题回答，对与不对，以卡片为准。那题目是——生命存活的三大基本要素是什么？

城里孩子说，这还不简单吗，就是脂肪、蛋白质和碳水化合物呗！

乡下孩子说，啥叫脂肪？不就是猪大油吗？人没有猪油那些荤腥吃，能活。蛋白质是啥？不就是鸡蛋吗？人吃不上鸡蛋也可以活的。碳水化合物是啥东西，俺不知道。俺只知道人要活着，最要紧的是要有水、火柴和粮食！

那张硬硬的精美卡片后面的答案，判定城市孩子的回答正确。但说心里话，我更认为乡下孩子的答案率真和智慧。

纵观人类的历史，我们的生活必需品的名录，就像银行信用卡恶意透支的黑名单，是越来越长了。一千年前，假如我们外出，真如那个乡下孩子所讲，只需带上水和干粮，再加一把火镰，就可走遍天下。现在呢，要有旅游鞋休闲装，盆碗帐篷净水器，驱蚊油防晒霜，卫星电视电话机……

这应该算是进步吧？只是大自然不堪重负了。养育一个现代人的物资，足够当初养活一百个一千个原始人。

大熊的箴言里，还有一个涵义——单纯。单纯是一种很真实很透明的东西，我们已经在进化中将它忽略和玷污。比如水吧，人体的细胞所需要的，是纯净的自然之水，而绝不是啤酒、可口可乐和掺了色素的某种浑浊液体。人们先是把水弄得很复杂，然后再把脏水过滤。当人饮着这种再生的清水时，沾沾自喜，以为是文明和进步，其实比古代人的饮水质量，还差着档次。

再如空气，人的肺所需要的，是凛冽的清新的山谷森林之风，而绝不是被汽车吞吐了千百次的工业废气。人们聚集在城市里，在空气中混淆进数不清的杂质，然后摇摇头说，这样的地方，太不利于健康了。于是就开着汽车，满世界找青山绿水的地方，心安理得地住下来，把新的污染带给那里。

人们本来应该简洁明确地表白自己的内心，这样会避免多少误会，节约多少人生，增进多少了解，加快多少速度啊！但是，不。

人们变得虚伪客套声东击西云山雾罩，并尊称这些技术技巧为礼仪和外交，让世界变得遮遮盖盖诡谲莫测。于是无数人在这面无法超越的黑斗篷前终生猜谜，并以此形成许多新的职业和窥探的癖好。

也许我们可以对自己精神和物质生活中所需物品的庞大分子分母，来一个约分。本着单纯和必需的原则，把太繁多的精简，把太复杂的摒弃。必需的东西越少，我们的脚步就越轻捷。佛家有一句话，叫"无挂碍物者无恐怖"，不妨借用来，少需要物者少烦恼。因为必需少，所以受限轻。人就获得了更快的行走，更高的飞翔。

单纯这件事，说起来简单，做起来不容易。因为世界上有许许多多的杂质，无时无刻不在腐蚀着单纯。人们往往以为单纯只存在于童真，如果你在晚年还保有单纯，如果不是太傻，就是天赐的一种好运气，保佑你未曾遭遇污浊侵袭，所以依旧清澈。其实，最有力量的单纯，是历练过复杂之后的九九归一。以不变应万变，自身有过滤化解和中和澄清的功能。任你血雨腥风，我自静若处子。心永远清清的，呼吸永远是轻轻的……

# 购买一个希望

那年在国外，看到一个穷苦老人在购买彩票。他走到彩票售卖点，还未来得及说话，工作人员就手脚麻利地在电脑上为他选出了一组数字，然后把凭证交给他。他好像无家可归，没有什么固定的目标要赶赴，买完彩票，就在一旁呆呆站着。我正好空闲，便和他聊起来。

我问，你为什么不亲自选一组数字呢？

他说，是我自己选的。我总在这里买彩票，工作人员知道我要哪一组数字。只要看到我走近，就会为我敲出来。

我说，那你每次选的数字都是一样的喽？

他说，是的，是一样的。我已经以同样的数字买了整整四十年彩票。每周一次，购买一个希望。

我心中快速计算着，一年就算五十二周，四五二十，二五一十……然后再乘以每注彩票的花费……天！我问道，你中过吗？

他突然变得忸怩起来，喃喃地说，没中过。有一次，大奖和我选的数字只差一个。

我说，那以后，你还选这组数字吗？

他很坚定地说，选。

我说，我是个外行，说错了你别见怪。依我猜，以后重新出现这组数字的概率是极低的，更别说还得有一个数字改成符合你的要求。

他说，你说得对，是这样的。

我就愣了。他衣衫褴褛面容憔悴。买彩票的钱虽然不多，但周复一周地买着，粒米成箩，也积成了不算太小的数目。用这些钱，为什么不给自己买一身避寒的衣服，吃一顿饱饭呢？再说，固执地重复同一组数字，绝不更改，实在也非明智之举。

我不忍伤他心，又不知说什么好，只有久久地沉默了。过了一会儿，他主动开口说，你一定很想知道那是一组什么样的数字吧？

我点头说，是啊。

他有些害羞地说，那是我初恋女友的生辰。每周我下注的时候，都会想起她，心中就暖和起来。

我说，那到了开奖的时候，你知道自己没中，会不会心中寒冷？

他笑了，牙齿在霓虹灯下像糖衣药片一样变幻着色彩。他说，不会。我马上又买新的一轮彩票，希望就又长出来了。我很穷，属于穷人的希望是很有限的。用这么少的钱，就能买到一个礼拜的快乐，这种机会，在这个世界上，实在是不多。更不用说，那个数字还寄托着我的回忆。如果我选的这组数字中大奖，她一定会注意到的，因为那是她的生辰啊。紧接着她会好奇是谁得了这份奖金？于是就能看到我的名字。她立刻就明白我这一辈子没有忘记她，而且我有了这么多的钱，她也许会来找我……

老人说完，就转过身，缓缓地走了。

后来，我把这个真实的故事讲给很多人听。每个人听完后都会长久地沉默。然后说，真盼望他中奖啊！

# 童话中的苦难

　　各位小朋友中朋友，咱们今天谈谈关于苦难的问题，你们可有兴趣？有人一定会捂着耳朵说，不听不听……说句心里话，我也怕谈这个难题。对我这也是一个大考验。咱们好像共同面对着一碗苦苦的药汤，要一口口慢慢地喝下去，有时还得咂着嘴回味一番，更是苦上加苦。可是中国有句古话，叫作"良药苦口利于病"，对于某些重要的命题，回避不是一个好法子。所以，咱们就一块儿皱着眉咬着牙，坚持讨论下去吧。

　　我之所以不称你们为"老朋友"，不是因为咱们相识的时间还短，是因为你们的年龄比较小。我原来总以为研究"苦难"这个大题目，要放在人比较成熟的时候——起码要到男孩下巴上长出软软胡须，女孩身姿婀娜之后。可是，生活根本就不理会我们的安排，它我行我素，肆无忌惮。可以顷刻之间，就把严酷的灾难，比如山崩地裂，比如天灾人祸，比如父母离异，比如病魔降身……莅临到无数人头上，毫不对儿童和少年稍存体恤之情。

　　这就证明了一个铁一般冷酷的事实——苦难的降临是不以人的善良意志为转移的。它就像空气一样，围绕着成人，也围绕着未成年人。对于注定要发生的风浪，单纯地依靠一厢情愿的堤坝，是无法躲避灾难的。更重要更有效的策略，是我们具备直面它的勇气，然后从容冷静坚定顽强地走过苦难，重建生活。

　　有一句说得很滥的话——"不要总是生活在童话中"。这话是什么意思呢？大概是说——童话虽然很美好，但现实生活中远不是那个样子。面对真实的生活的时候，我们要忘掉童话的气氛。

我不同意这种说法。其实在那些最优秀的童话里，是充满了苦难和对于苦难的抗争的。比如说"灰姑娘"吧。她小小的年纪，就失去了母亲，父亲也并不关爱她。（在那个经典的故事中，没有对灰姑娘爸爸的具体描写，我估计不是作者的疏忽，而是灰姑娘的老爸乏善可陈。从他找的第二任夫人的品行可看出，这老先生对人的洞察能力不佳。）在继母的冷漠和姐姐们的白眼下生活，没法读书，做着力所不及的杂役……嗨！简直就是未成年人被家庭虐待的典型。

比如"卖火柴的小女孩"，更是悲惨至极。没有吃的，没有喝的，在节日的夜晚，还要光着脚在风雪中售卖火柴，以至于饥寒交迫冻饿而死……真是惨绝人寰的景象。依我在西藏雪域生活多年的经验，作家笔下所描绘的小女孩临死前所看到的温暖光明的家庭图画，其实很有科学根据。濒临冻僵的人，神经麻痹之后会出现神秘的幻觉——平日的理想都虚无缥缈地浮现出来了。包括小女孩脸上的笑容，也有医学基础。严寒会使人的肌肉强烈痉挛，我当过多年的医生，所见过的被冻死的人，表情都好似在微笑……

再说白雪公主。亲妈早早仙逝，后母不容，因为嫉妒她的美丽，竟然雇了杀手要取她首级。好不容易死里逃生，被好心的小矮人收留。为了报答恩人，她从高贵的公主摇身一变，成了打扫家务烹炸菜肴的小时工，这个落差不可谓不大。就这样，她的厄运还远未终结，后母死死追杀，最后被毒苹果险些夺去红颜……

怎么样？以上所谈童话中的阴谋与死亡、贫困与灾难……其力度和惨烈，就是今人，也要为之垂泪吧？

我还可以举出许多。比如小人鱼变鳍为脚的痛楚，小红帽面对狼外婆的恐惧，孙悟空戴上紧箍咒的折磨和唐僧九九八十一难的艰辛……怎么样，我说得不错吧？童话并不遮盖苦难，它们比今天那些搞笑的故事，更多悲凉和灾难的警策。

也许是因为童话多半有一个光明的结尾，好人得到神灵相助，就使人们忽略了那些惨淡的忧郁，以为童话总是祥云笼罩，这实在是一个大误会。

小朋友和中朋友们，说句真心话，依我这些年跋山涉水走南闯北的经验，苦难就像感冒，几乎是不可避免的。如果谁告诉你们世界永远是阳光灿烂，请记住——他是一个骗子。

灾难埋伏在我们前进的拐弯处，不知何时会突袭我们。怕，是没什么用的。我们不能取消灾难，各位能够做到的就是面对灾难不屈服。

灾难会带给我们巨大的痛苦。亲人丧失、房屋倒塌、财产毁坏、学业中断、断臂失明、瘫痪失语、孤苦无依、诬陷迫害……这些词令人窒息，我都不忍心写下去了。但我深深知道，以上绝境还远远不是灾难的全部，在人生过程中，还有大大小小许许多多匪夷所思的艰涩，会不期而遇。

既然灾难不可避免，灾难之后，我们怎么办？我想答案一定是形形色色的。不过万变不离其宗，大致可以分成两大类。

一条路是——我们可以终日啼哭，用泪水使太平洋的海拔高度上升。我们可以一蹶不振徘徊在墓地，时时沉湎在对亲人的怀念和追悼中。我们可以怨天尤人，愤问苍穹的不公和大自然的残忍。我们可以从此心地晦暗，再也不会欢笑和宽容……

沿着这条路一直走下去，那结局是末日的黑色和冰冷。

还有一条路是——我们拭干眼泪，重新唤起生的勇气。掩埋了亲人之后，我们努力振奋新的精神，以告慰天上的目光。我们更珍惜生命的价值和意义，争取用自己的存在让这颗星球更美。我们对他人更多温情和宽厚，因为我们从患难中理解了友谊和支援……

沿着这条路走下去，那结局是火焰般的橘黄色，明媚温暖。小朋友和中朋友们，这两条路可是南辕北辙的啊。灾难之后，何去何从，千万三思而后行！

灾难是一把双刃剑，可以把一个人从精神上杀死，也可以把他锻造得更加坚强。所以，选择非常重要。

　　如果说，何时我们遭遇灾难，是不受我们控制的，但灾难之后我们如何走过灾难，却是我们一定能掌握的。在灾难的废墟上，愿生命之树依然常青。

# 风不能把阳光打败

"但是"这个连词，好似把皮坎肩缀在一起的丝线，多用在一句话的后半截儿，表示转折。

比方说：你这次的考试成绩不错，但是——强中自有强中手。

比方说：这女孩身材不错，但是——皮肤黑了些。

不知"但是"这个词刚发明的时候，它前后意思的分量是否大致相当。也就是说，它只是一个单纯纽带，并不偏向谁。后来在长期的使用磨损中，悄悄变了。无论在它之前堆积了多少褒词，"但是"一出，便像洒了盐酸的污垢，优点就冒着泡没了踪影，记住的总是贬义，好似爬上高坡，没来得及喘匀口气，"但是"就不由分说地把你推下了谷底。

"但是"成了把人心捆成炸药包的细麻绳，成了马上有冷水泼面的前奏曲，让你把前面的温暖和光明淡忘。只有振作精神，迎击扑面而来的顿挫。

其实，所有的光明都有暗影，"但是"的本意，不过是强调事物立体。可惜日积月累的负面暗示，"但是"这个预报一出，就抹去了喜色，忽略了成绩，轻慢了进步，贬斥了攀升。

一位心理学家主张大家从此废弃"但是"，改用"同时"。

比如我们形容天气的时候，早先说：今天的太阳很好，但是风很大。

今后说，今天的太阳很好，同时风很大。

最初看这两句话的时候，好像没有多大差别。你不要着急，轻声地多念几遍，那分量和语气的韵味，就体会出来了。

"但是风很大"，会把人的注意力凝固在不利的因素上，觉着太阳好不是件值得高兴的事情，风大才是关键。借助了"但是"的威力，风把阳光打败。

"同时风很大"，它更中性和客观，前言余音袅袅，后语也言之凿凿，不偏不倚，公道而平整。它使我们的心神安定，目光精准，两侧都观察得到，头脑中自有安顿。

一词背后，潜藏着的是如何看待世界和自身的目光。

花和虫子，一并存在。我们的视线降落在哪里？

"但是"，是一副偏光镜，让我们把它对准虫子，把它的身子放得浓黑硕大。

"同时"，是一个透明的水晶球，均衡地透视整体，既看见虫子，也看见无数摇曳的鲜花。

尝试用"同时"代替"但是"吧。时间长了，你会发现自己多了勇气，因为情绪得到了保养和呵护。你会发现拥有了宽容和慈悲，因为更细致地发现了他人的优异。你能较为敏捷地从地上爬起，因为看到沟坎的同时，也看到了远方的灯火……

# 宁静有一种特殊的力量

宁静有一种特殊的力量，就是不管外界怎样变化无常，都能让你的躯体自在平和。就像一艘在狂风巨浪中保持着稳定的船，你难道不惊异于它锚链的深度和船体的坚固吗？

我喜欢宁静的风景和宁静的人，这使我怡然。我的老师林教授曾经帮我分析过这种爱好的形成。她说，你是不是因为在西藏待得太久了，雪山和冰峰静止不动，久而久之，也就养成了你寂静的性格？

我承认她说得有道理。不过，我的幼儿园老师曾说过，我从小就是一个安静的孩子。

真的是这样吗？我不知道。我知道自己的心里常常翻涌着惊涛骇浪。我知道这是我必须经历的，并不害怕。但我不会很激烈地把它表达出来，我觉得有一些事情要出现，就让它出现好了。我不能阻止它们，但可以平静地面对它们。

我在西藏的高原上，看到过这个世界最为纯净的水。它们来自亿万年前的冰川。我常常站立在波涛翻卷的狮泉河边发呆，心想，水的力量和生命是多么伟大啊。它们历经沧桑，仍然珠圆玉润，没有一丝疲惫和倦怠。看不到些许的伤痕，更没有皱纹和白发，永远年轻地喧嚣着，如同新生的那一刹那。

我原来是很敬佩山的，但和水相比，山的自我修复能力要差很多，它们只能不由自主地风化下去，不可复原。山只能沿着一条没有回头的路，照直地走下去，大块的岩石崩塌，化为细碎的沙砾，然后继续颓弱，变作蔗粉样的泥沙，再衰变为黄土……

人的心，还是像水吧。可以受伤，但永远有痊愈的力量。在大自然面前，人什么都无须保留，只需堂堂正正即可。

# 节气是一种命令

夏初，买菜。老人对我说，买我的吧。看他的菜摊，好似堆积着银粉色的乒乓球，西红柿摞成金字塔样。拿起一个，柿蒂部羽毛状的绿色，很翠硬地硌着我的手。我说，这么小啊，还青，远没有冬天时我吃的西红柿好呢。

老人显著地不悦了，说，冬天的西红柿算什么西红柿呢？吃它们哪里是吃菜？分明是吃药啊。

我很惊奇，说怎么是药呢？它们又大又红，灯笼一般美丽啊。

老人说，那是温室里煨出来的，先用炉火烤，再用药熏。让它们变得不合规矩地胖大，用保青剂或是保红剂，让它比画的还好看。人里面有汉奸，西红柿里头也有奸细呢。冬天的西红柿就是这种假货。

我惭愧了。多年以来，被蔬菜中的骗局所蒙蔽。那吃什么菜好呢？我虚心讨教。

老人的生意很清淡，乐得教诲我。口中吐钉一般说道——记着，永远吃正当节令的菜。萝卜下来就吃萝卜，白菜下来就吃白菜。节令节令，节气就是令啊！夏至那天，太阳一定最长。冬至那天，亮光一定最短。你能不信吗？不信不行。你是冬眠的狗熊，到了惊蛰，一定会醒来。你是一条长虫，冷了就得冻僵，会变得像拐棍一样打不了弯。人不能心贪，你用了种种的计策，在冬天里，抢先吃了只有夏天才长的菜，夏天到了，怎么办呢？再吃冬天的菜吗？颠了个儿，你费尽心机，不是整个瞎忙活吗？别心急，慢慢等着吧，一年四季的菜，你都能吃到。更不要说，只有野地里，叫风吹绿的菜叶，太阳晒红的果子，才是最有味道的。

我买了老人家的西红柿，慢慢地向家中走。他的西红柿虽是露天长的，质量还有推敲的必要。但他的话，浸着一种晚风的霜凉，久久伴着我。阳光斜照在网兜上，那略带柔软的银粉色，被勒割出精致的纹路，好像一幅生长的印谱。

人生也是有节气的啊！

春天就做春天的事情，去播种。秋天就做秋天的事情，去收获。夏天游水，冬天堆雪。快乐的时候笑，悲痛的时候洒泪。

少年需率真。过于老成，好比施用了植物催熟剂，早早定了型，抢先上市，或许能卖个好价钱，但植株不会高大，叶片不会密匝，从根本上说，该归入早夭的一列。老年太轻狂，好似理智的幼稚症，让人疑心脑幕的某一部分让岁月的虫蛀了，连缀不起精彩的长卷，包裹不住漫长的人生。

时尚有句俗话——您看起来比实际的岁数年轻，听的人把它当作一句恭维或是赞美，说的人把它当作万灵的廉价礼物。我总猜测这话的背后，缩着上帝的一张笑脸。

比实际的年龄年轻，就分明是好的，美的，值得庆贺的吗？

小的人希冀长大，老的人祈望年轻。这种希望变更的子午线，究竟坐落在哪一扇生日的年轮？与其费尽心机地寻找秘诀，不如退而结网，锻造出心灵与年龄同步的舞蹈。

老是走向死亡的阶梯，但年轻也是临终一跃前长长的助跑。五十步笑百步，不必有过多的惆怅或是优越。年轻年老都是生命的流程，不必厚此薄彼，显出对某道工序的青睐或是鄙弃，那是对造物的大不敬，是一种浅薄而愚蠢的势利。人们可以濡养肌体的青春，但不要忘记心灵的疲倦。

死亡是生命最后的成长过程，有如银粉色的西红柿被摘下以后，在夕阳中渐渐地蔓延成浓烈的红色。此刻你只有相信，每一颗西红柿里都预设了一个机关，坚定不移地服从节气的指挥。

# 谎言三叶草

人总是要说谎的，谁要是说自己不说谎，这就是一个彻头彻尾的谎言。

有的人一生都在说谎，他的存在就是一个谎言。世界是由真实的材料构成的，谎言像泡沫一样浮在表面，时间使它消耗殆尽，就好像从来没有存在过似的。

有的人偶尔说谎，除了他自己，没有人知道这是一个谎言。谎言在某些时候表达的只是说话人的善良愿望，只要不害人，说说也无妨。

对谎言刻骨铭心的印象可以追溯很远。小的时候在幼儿园，每天游戏时有一个节目，就是小朋友说自己家里有什么玩具。一个说："我家有会说话的玩具青蛙。"那时我们只见过上了弦会蹦的铁皮蛤蟆，小小的心眼一算计，大人们既然能造出会跑的动物，应该也能让它叫唤，就都信了。又一个小朋友说："我家有一个玩具火车，像一间房子那样长……"我呆呆地看着那个男孩，前一天我才到他们家玩过，绝没有看到那么庞大的火车……我本来是可以拆穿这个谎言的，但是看到大家那么兴奋地注视着说谎者，就不由自主地说："我们家也有一列玩具火车，像操场那么长……"

"哇！哇！那么长的火车！多好啊！"小伙伴齐声赞叹。

"那你明天把它带到幼儿园里让我们看看好了。"那个男孩沉着地说。

"好啊！好啊！"大家欢呼雀跃。

我幼小身体里的血液一下凝住了。天哪，我到哪里去找那么宏伟的玩具火车？也许世界上根本就没有造出来！

我看着那个男孩，我从他小小的褐色眼珠里读出了期望。

他为什么会这么有兴趣？依我们小小的年纪，还完全不懂得落井下石……想啊想，我终于明白了。

我大声对他也对大家说："让他先把房子一样大的火车拿来给咱们看，我就把家里操场一样长的火车带来。"

危机就这样缓解了。第二天，我悄悄地观察着大家。我真怕大伙儿追问那个男孩，因为我知道他是拿不出来的。大家在嘲笑了他之后，就会问我要操场一般长的玩具火车。我和那个男孩忐忑不安，彼此都没说什么。只是一整天都是我俩在一起玩。幸好那天很平静，没有一个小朋友提起过这件事。

我小小的心提在喉咙口很久，我怕哪个记性好的小朋友突然想起来。但是日子一天天平安地过去了，大家都遗忘了，以后再说起玩具的时候，我吓得要死，但并没有人说火车的事。

真正把心放下来是从幼儿园毕业的那天。当我离开朝夕相处的老师和小朋友的时候，当然也有点恋恋不舍，但主要是像鸟一样地轻松了，我再也不用为那列子虚乌有的火车操心了。

这是我有记忆以来最清晰的一次说谎，它给我心理上造成的沉重负担，简直是一项童年之最。在漫长的岁月里我无数次地反思，总结出几条教训。

一是撒谎其实不值得。图了一时的快活，遭了长期的苦痛，占小便宜吃大亏。不到万不得已，不要说谎。

二是说谎很普遍。且不说那个男孩显然在说谎，就是其他的小朋友也经常浸泡在谎言之中。证据就是他们并不追问我大火车的下落了。小孩的记性其实极好，他们不问并不是忘了，而是觉得此事没指望了。也就是说，他们知道这是一个骗局。他们之所以能看清真相，是因为感同身受。

三是说谎是一门学问，需要好好研究，主要是为了找出规律，知道什么时候可说谎，什么时候不可说谎，划一个严格的界限。附带的是要锻炼出一双能识谎言的眼睛，在苍茫人海中谨防受骗。

　　修炼多年，对于说谎的原则，我有了些许心得。

　　平素我是不说谎的，没有别的理由，只是因为怕累。人活在世上，真实的世界已经太多麻烦，再加上一个虚幻世界掺和在里面，岂不更乱了套？但在我的心灵深处，生长着一棵谎言三叶草。当它的每一片叶子都被我毫不犹豫地摘下来的时候，我就开始说谎了。

　　它的第一片叶子是善良。不要以为所有的谎言都是恶意的，善良更容易把我们载到谎言的彼岸。我当过许多年的医生，当那些身患绝症的病人殷殷地拉了我的手，眼巴巴地问："大夫，你说我还能治好吗？"我总是毫不踌躇地回答："能治好！"我甚至不觉得这是谎言。它是我和病人心中共同的希望，在不远的微明处闪着光。当事情没有糟到一塌糊涂的时候，善良的谎言也是支撑我们前进的动力啊！

　　三叶草的第二片叶子是此谎言没有险恶的后果，更像是一个诙谐的玩笑或是温婉的借口。比如文学界的朋友聚会是一般人眼中高雅的所在，但我多半是不感兴趣的。我对未知的事物充满了兴趣，很愿意同普通的工人、农民或是哪一行当的专家待在一起，听他们讲我不知道的故事，至于作家聚在一起要说些什么，我大概是有数的，不听也罢。但人家邀了你是好意，断然拒绝不但不礼貌，也是一种骄傲的表现，和我的本意相差太远。这时候，除了极好的老师和朋友的聚会我会兴高采烈地奔去，此外一般都是找一个借口推托了。比如我说正在写东西，或是已经有了约会……总之，让自己和别人都有台阶下。这算不算撒谎？好像要算的。但它结了一个甜甜的果子，维护了双方的面子，挺好的一件事。

　　第三片叶子是我为自己规定的，谎言可以为维护自尊心而说。我们常常会做错事。错误并没有什么了不起，改过来就是了。但因了错误在众人面前伤了自尊心，就由外伤变成了内伤，不是一时半会儿治得好的。我并不是包庇自己的错误，我会在没有人的暗夜深深检讨自己的问题。但我不愿在众目睽睽之下，把自己像次品一般展览。也许每个人对自尊的感受阈不同，但大多数人在这个问题上都很敏感。想当年，一个聪敏的小男孩打碎了姑姑家的花瓶没有承认，也是怕自己太丢面子了。既然革命导师都会有这种顾虑，我们自然也可原谅自己。为了自尊，我们可以说谎，同样为了自尊，我们不可将谎言维持得太久。因为真正的自尊是建立在不断完善自己的基础上的，谎言只不过是暂时的烟雾。它为我们争取来了时间，我们要在烟雾还没有消散的时候，把自己整旧如新。假如沉迷于自造的虚幻，烟雾消散之时，现实将更加窘急。

随着年龄的增长，心田里的谎言三叶草渐渐凋零。我有的时候还会说谎，但频率减少了许多。究其原因，我想，谎言有时表达了一种愿望，折射出我们对事实朦胧的希望。生命的年轮一圈圈增加，世界的本来面目像琥珀中的甲虫越发纤毫毕现，需要我们更勇敢地凝视它。我已知觉人生的第一要素不是善，而是真。我已不惧怕残酷的真相，对过失可能的恶劣的后果有了兵来将挡、水来土掩的勇气。甚至对于自尊也变得有韧性多了。自尊，便是自己尊重自己，只要你自己不倒，别人可以把你按倒在地上，却不能阻止你满面尘土、遍体伤痕地站起来。

有的人总是说谎，那不是谎言三叶草的问题，简直是荒谬的茅草地了。对这种人，我并不因为自己也说过谎而谅解他们，偶尔一说和家常便饭地说，还是有原则上的区别的。

中国有句古话，叫作"人之将死，其言也善"。我觉得这个"善"字就是真实的意思。也就是说，人到临死的时候就不说谎了。

但这个省悟，似乎来得太晚了一点。

活着而不说谎，当是人生的大境界。

# 忍受快乐

忍受快乐。

这个提法，好像有点不伦不类。快乐啊，好事嘛，干吗还要用"忍受"这个词？习惯里，忍受通常是和痛苦、饥寒交迫、水深火热联系在一起的。

忍受是什么呢？是一种咬紧嘴唇苦苦坚持的窘迫，是一种打碎牙齿和血吞的痛楚，是一种期待困难减弱、祈祷苦难消散的呻吟，是一种狭路相逢听天由命的无奈。

如果是忍受灾害，似乎顺理成章，忍受快乐，岂不大谬？天下会有这种人？人们惊愕着，以为这是恶意的玩笑或误会。

环顾四周，其实不欢迎快乐的人比比皆是。不信，你睁大眼睛，仔细观察一下当快乐不期而至的时候，大多数人的惊慌失措吧。

最具特征的表现是对快乐视而不见。在这些人的心底，始终有一种冷硬的声音在回响："你不配拥有……这是过眼烟云……好景终将飘逝……此刻是幻觉……人生绝非如此……啊！我太不习惯了，让这种情形快快过去吧……"

我们姑且称这种心绪为"快乐焦虑症"。

这奇怪的病症是怎样罹患的？

许多年前，我从雪域西藏回北京探家，在车轮上度过了 20 天时光。最终到家，结束颠沛流离之后，有几天的时间，我无法适应岿然不动的大地。当我的双脚结结实实地踩在土地上的时候，感觉怪诞和恐慌，我焦灼不安地认为，只有那种不断晃动和起伏的颠簸才是正常的。

你看，经历就是这么轻易地塑造了一个人的感受和经验。当我们与快乐隔绝太久，当我们在凄苦中沉溺太深的时候，我们往往在快乐面前一派茫然。这种陌生的感觉，本能地令我们拒绝和抵抗。当我们把病态看成了常态时，常态就成了洪水猛兽。

一些人，对快乐十分隔膜。他们习惯于打拼和搏斗，不识天真无邪的快乐为何物。他们对这种美好的感觉是那样骇然和莫名其妙，他们祷告它快快过去吧，还是沉浸在争执的旋涡中更为习惯和安然。

还有一些人，顽固地认为自己注定不会快乐。他们从幼年起就习惯了悲哀和苦痛，他们不容快乐来打扰自己，不能承受快乐的重量。他们更习惯了叹息和哀怨，甚至发展到只有在灰色的氛围里才有变态的安全感。那实际上是一种深深的忧虑造成的麻痹和衰败，他们丧失了宁静地承接快乐的本能。

他们甚至执拗地蒙起双眼，当快乐降临的时候不惜将快乐拒之门外。他们已经从"快乐焦虑症"发展到了"快乐恐惧症"。当快乐敲门的时候，他们会像打寒战一般抖起来。当快乐失望地远去之后，他们重新坠入暗哑的泥潭中昏睡了。

常常有人振振有词地说："我不接受快乐，是因为我不想太顺利了，那样必有灾祸。"

此为不善于享受快乐的经典论调之一。快乐就是快乐，它并不是灾祸的近亲，和灾祸没有什么血缘关系。快乐并不是和冲昏头脑、想入非非必然相连。灾祸的发生自有它的轨迹，和快乐分属不同的目录。中国有句古话叫"乐极生悲"，我相信世上一定有这种巧合，快乐之后紧跟着就降临了灾难。但我要说，那并不是快乐引来的厄运，而是灾难发展到了浮出水面的阶段，灾难在许多因素的孕育下自身已然强大。越是在这种情形下，我们越是要珍惜快乐，因为它的珍贵和短暂。只有充分地享受快乐，我们才有战胜灾难的动力和勇气。

许多人缺乏忍受快乐的气度，怕自己因为享受快乐而触怒了什么神秘的力量，怕因为快乐而导致了自己的毁灭。

快乐本身是温暖和适意的，是欢畅和光亮的，是柔润和清澈的，也是激烈和富有冲击力的。

由于种种幼年和成年的遭遇，有人丢失了承接快乐的铜盘，双手掬起的只是泪水，这不是他们的过错，但是他们永远沉沦于悲哀。他们不敢享受快乐，他们只能忍受。当快乐来临的时候，他们手足无措、举止慌张，甚至以为一定是快乐敲错了门，它应该到邻居家去串门的，不知怎么搞错了地址。快乐的笑脸把他们吓坏了，他们在快乐面前感到大不自在，赶紧背过身去，快乐就只能寂寞地遁去。

快乐是一种心灵自在安详的舞蹈，快乐是爱自己的同时享有爱的欢愉，快乐是身心的舒适和松弛，快乐是一种和谐和宁静。

当我们奔波、颠簸、动荡、烦躁太久之后，我们无法忍受突然的安稳和寂静。我们在无边无际的喧闹中，遗失了最初的感动，我们已忘怀大自然的包容，我们便不再快乐。

很多人不敢接受快乐的原因，是觉得自己不配快乐。这真是一个奇怪的逻辑。快乐是属于谁的呢？难道不是像我们的手指和眉毛一样属于我们自身的吗？为什么让快乐像一个无人认领的孤儿在路口徘徊？

人是有权快乐的。甚至可以说，人就是为了享受心灵的快乐才努力奋斗，才与其他人交往的。如果这一切只是为了增加苦难，我们还有什么理由为此奋斗不息？

人是可以独自快乐的，因为人的感觉不相通。既然没有人能代替我们感受切肤之痛，也就没有人能指责我们独自快乐。不要以为快乐是自私的，当我们快乐的时候，我们就播种了快乐的种子。我们把快乐传给周围的人，我们善待周围的世界，这又怎么能说快乐是自私的呢？

当我们不接纳快乐的时候，我们实际上是不尊重自己，不相信自己，不给自己留下精神驰骋的空间。

快乐是一种无拘无束地展翅翱翔，快乐是一种淋漓尽致地挥毫泼墨，快乐是一种两情相依，快乐是一种生死无言。

对于快乐，如同对待一片丰美的草地，不要忍受，要享受。享受快乐，就是享受人生。如果不享受快乐，难道要我们享受苦难？即便苦难过后给我们留下经验，当苦难翻卷着白色的泡沫的时候，也是凶残和咆哮的。

快乐是我们人生得以有所附丽的红枫叶，快乐是维系生命之旅的坚韧缰绳。当快乐袭来的时候，让我们欢叫，让我们低吟，让我们用灵魂的相机摄下这些瞬间，让我们颔首微笑地分享它悠远的香气吧。

忍受快乐，是一种怯懦。享受快乐，是一种学习。

# "我羡慕你"

　　我是从哪一天开始老的？不知道。就像从夏到秋，人们只觉得天气一天一天凉了，却说不出秋天究竟是哪一天来到的。生命的"立秋"是从哪一个生日开始的？不知道。青年的年龄上限不断提高，我有时觉得那都是上了年纪的人玩出的花样，为掩饰自己的衰老，便总说别人年轻。

　　不管怎么样，我觉得自己老了。当别人问我年龄的时候，支支吾吾地反问一句："您看我有多大了？"佯装的镇定当中，希望别人说出的数字要较我实际年龄稍小一些。倘若人家说的过小了，又暗暗怀疑那人是否在成心奚落。我开始越来越多地照镜子。小说中常说年轻的姑娘们最爱照镜子，其实那是不正确的。年轻人不必照镜子，世人仰慕他们的目光就是镜子。真正开始细细端详自己的容貌的是青春将逝的人们。

　　于是我把所有的精力放在孩子身上。记得一个秋天的早晨，刚下夜班的我，强打精神，带着儿子去公园。儿子在铺满卵石的小路上走着。他踩着甬路旁镶着的花砖，一蹦一跳地向前跑，将我越甩越远。

　　"走中间的平路！"我大声地对他呼喊。"不！妈妈！我喜欢……"他头也不回地答道。

　　我蓦地站住了。这对话是那样熟悉。曾几何时，我也这样对自己的妈妈说过，我喜欢在不平坦的路上行走。这一切过去得多么快呀！从哪一天开始，我行动的步伐开始减慢，我越来越多地抱怨起路的不平了呢？

这是衰老确凿无疑的证据。岁月的长河不可逆转，我不会再年轻了。

"孩子，我羡慕你！"我吓了一跳。这是一句实实在在的声音，从我身后传来，她说得很缓慢，好像我的大脑变成一块电视屏幕，任何人都能读出上面的字迹。

我转过身。身后是一位老年妇女。周围再没有其他人。这么说，是她羡慕我。我仔细打量着她，头发花白，衣着普通。但她有一种气质，虽说身材瘦小，却有一种令人仰视的感觉。我疑虑地看着她。我不知道自己有什么值得人羡慕的地方——一个工厂里刚下夜班满脸疲惫之色的女人。

"是的。我羡慕你的年纪——你们的年纪。"她用手指轻轻点了点，将远处我儿子越来越小的身影也括了进去。"我愿意用我所获得过的一切，来换你现在的年纪。"

我至今不知道她是谁，不知道她曾经获得过的那一切，都是些什么。但我感谢她，让我看到了自己拥有的财富。我们常常过多地把眼睛注视着别人，而自己则在不知不觉中失落着最宝贵的东西。人的生命是一根链条，永远有比你年轻的孩子和比你年迈的老人。我们每个人都有自己的位置，它是一宗谁也掠夺不去的财宝。不要计较何时年轻，何时年老。只要我们生存一天，青春的财富，就闪闪发光。能够遮蔽它的光芒的暗夜只有一种，那就是你自以为已经衰老。

年轻的朋友们，不要去羡慕别人。要记住人们在羡慕我们！

# 在火焰中思索

　　火焰，不是一个思索的好地方。思索，通常发生在静谧安全清宁的场合，当事人一般是舒缓宽松的。即使脑海内波涛翻滚高度紧张吧，外在的神情也必是收敛和沉着的。如果一个人大喊大叫着或是高速奔跑着或是披荆斩棘着，都和稳健的思考有着相当的距离。在那种风起云涌的时刻，即使有所想法，也是简单的和直线的，是思考终结后的付诸行动。

　　俗话说，水火无情。但我想，水中，好像还是一个比火中较适宜进行思考的场所。水是细腻的，只要不是沸水和冰水，它在短时间内给人的感受，还是柔软光滑的。有很多落难水中的人，在经过了数小时数十小时的搏击之后，依然获救，我想，同他们在水中进行了周密的思考和决策有关，也同水的比较宽容有关。我听过一位在台风的沉船中偶然获救的船员说，他在水中一次又一次地分析海浪的方向，直到当一股最大的风浪打来的时候，他憋足气沉入其中，被那股浪推到了浅滩。

　　火，则要穷凶极恶得多。除去炉子和烧杯……这些被人所管辖的微火之外，所有的大面积的肆无忌惮的火，都是灼热和暴跳如雷的，都是狠毒和惨绝人寰的。那些貌似轻快无邪的火舌，喷溅着巨大的毒汁。想想吧，灼伤我们宝贵的瞳孔，只需要一粒小小的火星。将我们跳跃的双脚变成焦炭，只需要在滚烫的废墟中穿行几步。在火中，你还得永远提防着火焰最阴险的情侣和助手——滚滚的浓烟。也许你还没来得及和火焰正面交锋，烟尘就已将你温润的肺腑，炙成边沿卷曲的铁板了。火中还潜伏着置人死地的爆炸、有毒的气体、坍塌的重物、崩溃的建筑……

如果火中仅仅存有这些恐怖的东西，事情也就简明扼要——用所有极端的手段，扑灭它！但是，火中往往还存在着价值连城的宝藏，还存在着比这些宝藏更贵重千万倍的——生命。

于是，就有了救火者在火中的思考。

在那重重的金色孽龙的狂舞之中，我不知道救火者将思索些什么？那是怎样一种生命的极端困境，那是怎样一种职责的神圣抉择！

也许，救火者将思考自己的生命和他人的生命，孰轻孰重？这个问题，可能已经在平和的时段，思索过无数遍了。但我相信，在火中，这种思考，还将无数遍地严酷而新鲜地进行着。火焰凸现着生死的决裂，救火者，你将向何处倾斜你的天平？

也许，救火者将思索在地狱般的火海中，采用怎样的路线和方式，才可达到最大限度最快速度地救人和自救？火场瞬息万变，形势间不容发。火中的思考，将是对人的心智和决断的极大甄别。我不知世上还有其他的考场，能比它更严峻和苛求？

也许救火者将感受到——皮肤的灼痛毛发的焚毁骨骼的重压呼吸的窒息……思索到用灵敏的肉体，去殉道德和责任的坚韧与苦难。我不知道在漫天的火阵中，有多少人勇往直前了，有多少人退缩腾挪了？但人们会永远牢记这一行业中的英烈——因为它是大智大勇者的事业，它要求人类自我的战胜和精神的超越。

火焰中的思索，是短暂的，也是长久的。是庄严的，也是平凡的。是神圣的，也是家常便饭。因为选择了这个职业，也就选择了这种惊世骇俗的思维之地。那个通红的片刻，将鉴定你的一生。

# 被老师读作文的时候

我小的时候，作文很好。主要是我爱写得与众不同。比如说老师出了个作文题，叫"一次谈话"。一般的同学写的都是自己做了一件错事，被爸爸妈妈或是其他的长辈批评了一顿，于是铭记在心等等。也有写同学之间闹了点小误会，一谈心就和解了的。这两种写法我都想到了，可我想写一次更奇妙的谈话。想啊想啊，我就设想通过电话同一位非洲的黑人小朋友谈话，谈他们的苦日子和我们的幸福生活。其实这个想法有很不合理的成分在内，一个当奴隶的黑孩子怎么会有电话呢？但当时是小学生的我，可想不到这么多，只顾按照自己的想象写下去。

我们的语文老师是山东大学中文系毕业的，对我这些有漏洞也有一点新意的小作文，给了很好的评语。王老师不止一次给我的作文批过"5+"的分数，还经常在课堂上读我的作文。

被老师读作文的时候，心情像一颗怪味豆。最初当然是甜的了，哪个学生不愿意受到老师的夸奖？可慢慢地，咸味和涩味就涌上心头。

首先是我觉得自己写得很不好，应该写得更好一些。特别是老师那些表扬的话，仿佛椅子上堆满了图钉，叫人不敢坐踏实。

最主要的是下课以后，同学们的神情怪怪的。"哦——哦——老师又用时传祥掏粪的勺子刳（夸）毕淑敏啦！"那时候我们刚学过一篇掏粪工人的课文，在北方话里，刳与夸同音。全班同学好像结成了孤立我的统一战线，跳皮筋，两边都不要我。要知道平日里，

50

因为我个子高，跳得又好，大伙都抢着跟我一拨呢！我和谁说话，她会装作没听见扭身走开，然后故意跟别的人大声说笑，一边说一边看着我。

在我幼小的心里，第一次懂得了什么叫孤独，什么叫被嫉妒。

这样的日子一般持续两三天，就会过去。一来是孩子们毕竟小，容易健忘；二来我那时是大队长，人缘挺好，大伙有事都爱找我。

作文每两周讲评一次，我便要经受一次精神的炼狱。

怎么办呢？我想到的第一个办法是：从此不要把作文写得那样好。我开始挺随意地写作文，随大流，平平淡淡。果然，王老师不再念我的范文，同学们也和我相亲相爱。正在我很得意的时候，王老师找我了。"你的作文退步了，是不是骄傲了？"我执拗地保持沉默。不是不愿意告诉老师原因，而是不知道怎么说。假如我说了，老师会在班上把同学们数落一顿（她会的，她的脾气很急躁），那我的处境就更糟了。

我讨厌打小报告、告密的人。

王老师苦口婆心地开导我半天。虽说不是对症下药，我还是受到了教育。我想不能这样下去，我不应该用学习赌气。

于是我又开始认认真真地写作文，争取每一篇都写得不同凡响。王老师是满意了，可同学们敌视的恶性循环又开始了。

就没有一个万全之策了吗？我小小的脑筋动了又动，我发现同学们并不是讨厌我的作文。老师念它们的时候，大伙听得津津有味，不时还发出会意的笑声。同学们只是不喜欢老师反反复复只提一个名字：毕淑敏。

在我年长以后，我知道在心理学上，这种情况叫作"压抑"。同学们为了宣泄自身的情绪，把不满的火焰转移到了我的身上。

我当时自然是不懂这些的。我只觉得自己按老师的要求好好学习，并没有得罪谁，为什么大家伙要和我过不去？

又要写好作文，又要和大家处好关系，小小的我好累！！不行了。

我小心翼翼地说："王老师，我最近的作文有进步了吗？"

退回三十年，老师的威严比现在要强大得多。我的这个办法非得老师答应才成，因此心里发虚。"噢，你近来写得不错。今天下午我还要读你的作文。"王老师说。

"我有一个小小的请求……"我战战兢兢地说。

"什么事，你说好了。"王老师的眼睛明亮地注视着我。

"我想……您念我的作文的时候……是不是可以……不念我的名字……"我鼓足勇气说完蕴藏在心中许久的话。

"为什么？我当了这么多年的老师，还是第一次听到这种要求。你总不能让同学们觉得那是一篇无名氏写的东西吧？"王老师有些不耐烦了。

我知道王老师会这么说的，要说服她可不是一件容易的事。索性一不做二不休，我镇静下来，一板一眼地说："我觉得您读谁的作文，主要是看文章写得好不好。至于是谁写的，并不重要。不说名字，您让大伙讨论的时候，没人拘着面子，反倒更好说意见了。我也好给我自己的作文提不足之处……"

我说的都是实话。只是最重要的理由我没有说：我想为自己求一分心灵的安宁。

"你说得有一些道理。好吧，让我们下午试一试。"王老师沉吟着答应了。

那天下午的情形，一如我小小的心所预料的。同学们充满了好奇，发言比平日热烈得多。下课以后，我和大伙快活地跳皮筋。

"嗨！毕淑敏，今天念的范文是你写的吧？"有人问我。

"还能老是她写得好哇？我看今天一准是旁人写的。"有人这样说。

我一概只笑不回答。问得急了，我就说："我猜像是你写的。"

从此以后，我的作文越写越好，和同学们也能友好睦邻。

我至今不知道这算是少年人的机智还是一种早熟的狡猾。它养成了我勤奋不已而又淡泊名利的性格。

　　但长大以后，看到一则名人名言，"走自己的路，让人们说去吧"。我想那是一种更积极更勇敢的生活态度。

　　只是我小时候，就是听到了这句教导，也未必敢照着去做。因为我是太珍视同小朋友们无忧无虑跳皮筋的机会了。

# 汽车是奔逸的延伸

作家博尔赫斯有这样一段话："在人类浩繁的工具中，最令人叹为观止的无疑是书，其余的皆为人体的延伸。诸如显微镜、望远镜是视力的延伸，电话则是语言的延伸。犁耙和刀剑是手臂的延长。而书则完全不同，它是记忆和想象的延伸。"

这段话是歌颂书的，不言而喻。但它对其他一些事物的描述，也很机智有趣，例如说刀剑是手臂的延长，推而广之，一切武器都是手臂的延长。比方原子弹吧，烟云爆破，空中有许多魔爪飞舞，掠夺他人的生命。和原始人把敌手生生掐死，效力是一样的。

博尔赫斯的话推而广之，就能把我们周围的一些事物，剥出醒目的内核。所有的药物，都是食物的延伸，因为食物供我们维持生命，药物的效果也是如此。因特网是眼睛和耳朵的延伸，它可以让我们看得更远，听得更多，说到底，是享有更广泛的信息。当想到房屋是什么东西的延伸呢？还真让我费了一点思索。好在很快也就悟出来了——房屋是皮肤的延伸。皮肤是身体的保护层，无法设想一个没有皮肤的人怎样生活，他将是裸露痛楚和极不安全的。一个没有房屋的人，风餐露宿，风刀霜剑，生存质量必也大受摧残。

汽车是什么东西的延伸呢？这个问题刚一浮出，答案是很简单的。它是腿和脚的延伸啊！有了汽车，我们可以更快捷地到达更远的地方，显而易见的啊！但仔细想想，好像也不是这样单纯。驾车，可以将很多的东西运送到很远的地方，这就不单是跋涉，也有了手臂负重的功能。当我们载着家人和朋友去旅游和露营的时候，汽车是不是也有了房屋的功能？还有，当心境郁闷不得舒解或是被莫名的忧郁笼罩无以摆脱的时候，很多人会下意识地走向自己的爱车，在确保安全的前提下，把车开得电闪雷鸣……那种风驰电掣的速度感，对于排解情绪的焦灼，真是一剂良药啊。这样说来，汽车在某种程度上，也成了食物的一部分了，因为它有维持我们生命和健康的效力啊。一个从未有过汽车的人（我说的不是坐过汽车，那是不算数的。吃了别人烧给你的一条鱼，和自己有一张网的感觉，是不同的），是无法估价汽车所给予人的那种想象力释放和力量奔涌的巨大增幅的。

有人说，汽车的魅力来源于速度，是它给了我们飞翔的感觉。我有些怀疑。要说速度，飞机和宇宙飞船肯定是更占上风的。但是，在飞机上，面对着懒洋洋的白云和缺少标识物的蓝天，感觉很是迟缓，虽然我们在理论上知道它的能力绝对超过最快的汽车。至于宇宙飞船，那就更不必说了，我甚至斗胆地想——面对恒远的太空，飞行员不但不觉得快，反倒觉得自己是坐在一架牛车上休闲，也说不定啊。

汽车究竟是什么的延伸呢？

人的奔跑速度，现在已经达到了在九秒之内跑出百米。这样约略地算下来，假如不计较耐力的疲劳和个体差异的话，人就可在九十秒之内跑出千米，也就是说，人凭借自身的力量，可以达到时速四十公里，这几乎是一个极限了。

人还可以利用动物的力量，加快自己的速度。在人类的发展史上，是倒霉而驯良的马担当了这一神圣的使命。我不知道马的最高时速可以达到多少，想来，不会比汽车更快的。

以上种种，我的意思是说，在陆地上，在我们普通人能够操纵的范畴之内，汽车是一个罕见的特例。它是乖顺的，越是好的车，越是乖顺，它温和的程度，绝对超过了最恭良的骏马。它的体积是一座移动的小房子，可以为我们遮风挡雨。它很美丽，它的皮肤比我们人的皮肤更光洁和平滑，如果你有足够的金钱的话，你可以反复挑选它的外形和性能，并把它装饰得瑰丽非凡。它内力澎湃，使体力孱弱的人，也变得如同大力士一样，拖着重物翻山越岭闯荡江湖……

可以说，汽车是普通的人群可以得到的膨胀自身体积、力气、耐力等素质的最好的补充和放大品。因此，汽车是奔逸的延伸。

奔逸？怎么讲？奔跑加安逸。奔跑本来气喘吁吁，是不安逸的。奔跑和安逸，都是人类争取的目标之一。汽车把这两者完美地结合了起来。坐在汽车里，飞快地奔驰，看熟悉的景物以一种陌生的形象进入眼帘然后缥缈地退出，在风中在雨中，司空见惯的景色更显出奇妙的震撼力。在速度以外，它还赋予驾车人一种飘逸一种安然，一种以逸待劳，劳逸结合的潇洒从容。

有一位开车的朋友说，你要知道一个人究竟是怎样的品格，你就把他或她揪到方向盘后面，让他自由自在地开上一段车，你就什么都明白了。一个人在人群中是有很多伪装的，但是当他面对车的时候，他的本性就显露出来了。平时温文尔雅的人，可以显出疯狂的一面。一个谦恭的人，在开车的时候，却是桀骜不驯的。甚至一位贤淑的美女，居然会为了别人有意无意地抢道，追出数十公里绝不善罢甘休……朋友沉思道，这是否可以解释为，当人和车在一起的时候，犹如和一位密友相处，是没有防卫和戒备的，是赤裸裸和率性而为的，因此，其特点和弱点，也就暴露无遗。

汽车在某种程度上，给了我们的理想以更快实现的助力。以前你想见一个人，想到一个地方去，想办一件事……因为路程的关系，你很可能就在念头闪现的那一瞬，把它扼住了。当你有了车以后，这种限制不由自主地就放宽了，活动范围的半径就扩大了，由于耗费在路上的时间少了，用于有价值的活动的时间就多了，你的生命就有了延长的感觉。在某种程度上讲，空间更自由了，心想事成的机会也就多了一些。

说了这许多有车的好处，车有没有坏处呢？当然是有的，而且还是巨大的。且不说它对环境的污染和破坏，对能源的吞噬和糟蹋，单说是对我们生命的威胁，也是前所未有的灾难。据说，有一位记者问一位德高望重的医学专家：世界上对人类威胁最大的癌症是什么？那位专家沉思了半晌说，是交通事故。

　　汽车那种飞驰的速度，对普通人来说，是一种不自然和不适应的。我们的神经系统和肌肉的配套设置，都不是为这种钢铁的庞然大物预备下的，所以，操纵汽车，是对人的本能的一种严峻挑战。

　　英国王室的戴安娜香消玉殒，据说全球中文报纸在报道这一悲剧的时候，标题中共用了九千次“天妒红颜”这个词。我想，夺取戴妃生命的不是天，而是汽车，不是天妒，是车妒。但戴安娜的家人在谈到这一事件的时候说，我们唯一感到安慰的是，她是远行在一生当中非常幸福的时刻。

　　有点奇怪。让我琢磨了半天，试着寻解。“幸福”二字，估计指的不单是戴安娜当时和男友在一起的温馨，也指飙车的感觉飘飘欲仙。

　　不过，我还是更喜欢奔逸。不仅快，而且安全。把汽车的优点发挥到极致，把它的危险降到最小，该是人和汽车共同的愿望吧。

提醒幸福

# 幸福的七种颜色

幸福应该有多少种颜色呢？

"说不清。"我回答。

大家听了可能有点迷糊，说："你自己既然不知道，为什么又曾说过幸福有七种颜色呢？"

在文化中，"七"这个数字有一点古怪。

欧洲人自古以来就格外钟情于"七"这个数字。最早的源头该是古希腊人，许多巧合都和"七"有关。希腊人认为自然界是由水、火、风、土四种元素组成的，而社会的基本细胞是家庭。把完整的家庭细分，是由父亲、母亲和孩子三方组成。再做一次加法，把自然和社会组成的世界统计一下，就有七种基本元素。古希腊人酷爱加法，认为世界的基本图形是正方形、三角形以及完美的圆形，毕达哥拉斯学派就是这一主张的坚定拥趸。你劳神把这些图形的角的数量加起来，哈！也是七。由于太多的东西与神秘的数字七有关，他们造七座坛、献七份祭、行七次叩拜之礼，什么都爱凑个七字。"七大主教""七大美德"，连罪也要数到"七宗罪"。当然，最著名的是神也喜欢七，于是一个星期是七天，第七天你可以休息。

七在佛教里面也是吉祥之数，有七宝、七层浮屠等。中华文化对七也颇有好感，《说文》里面说："七，阳之正。"这个七啊，常为泛指，表明多的意思，又神秘又空灵。

托尔斯泰老人家说，幸福的家庭都是相似的，唯有不幸的家庭，各有各的不幸。我当过多年的心理医生，觉得不幸的家庭都是相似的，唯有幸福的家庭却是各有各的不同。

你可能要说，这不是成心和托尔斯泰抬杠吗！我还没到那种无事生非的地步。你想啊，只有香甜的味道，才可反复品尝，才能添加更多的美味在其中，让味蕾快乐起舞。比如椰蓉，比如可可，比如奶油……丰富的层次会让你觉得生活美好万象更新。如果那底味已是巨咸、巨苦、巨涩，任你再搁进多少冰糖多少香料都顷刻消解，那难耐难忍的味道依然所向披靡，让你除了干呕，再无良策。

早年间我当兵在西藏阿里，冬天大雪封山，零下几十度的严寒，断绝了和外界的一切联系，我们每日除了工作就是望着雪山冰川发呆。有一天，闲坐的女孩子们突然争论起来，求证一片黄连素的苦可以平衡多少葡萄糖的甜（由此可见，我们已多么百无聊赖）。一派说，大约500毫升5%的葡萄糖就可以中和苦味了。另外一派说，估计不灵。500毫升葡萄糖是可以的，只是浓度要提高，起码提到10%，甚至25%……争执不下，最后决定试验测查。那时候，我们是卫生员，葡萄糖和黄连素乃手到擒来之物，说试就试。方法很简单，把一片黄连素用药钵细细磨碎了，先泡在浓度为5%的葡萄糖水里，大家分别来尝尝，若是不苦了，就算找到答案了。要是还苦，就继续向溶液里添加高浓度的葡萄糖，直到不苦了为止，然后计算比例。临到实验开始，我突然有些许不安。虽然小女兵们利用工作之便，搞到这两种药品都不费吹灰之力，但藏北到内地山路迢迢，关山重重，物品运送到阿里不容易啊，不应这样为了自己的好奇暴殄天物。黄连碎末混入到葡萄糖液里，整整一瓶原本可以输入血管救死扶伤的营养液就报废了。至于黄连素，虽不是特别宝贵的东西，能省也省着点吧。我说："咱缩减一下量，黄连素只用四分之一片，葡萄糖液也只用四分之一瓶，行不行呢？"

我是班长，大家挺尊重我的意见的，说："好啊。"有人想起前两天有一瓶葡萄糖，里面漂了个小黑点，不知道是什么杂物，不敢输入病人身体里面，现在用来做苦甜之战的试验品，也算废物利用了。

试验开始。四分之一片没有包裹糖衣的黄连素被碾成粉末（记得操作这一步骤的时候，搅动得四周空气都是苦的），兑到125毫升浓度为5%的葡萄糖水中。那个最先提出以这个浓度就可消解黄连之苦的女孩率先用舌头舔了舔已经变成黄色的液体。她是这一比例的倡导者，大家怕她就算觉得微苦，也要装出不苦的样子，损害试验的公正性，将信将疑地盯着她的脸色。没想到她大口吐着唾沫，连连叫着："苦死了，你们千万不要来试，赶紧往里面兑糖……"我们为自己"以小人之心度君子之腹"感到羞惭，拿起高浓度的糖就往黄水里倒，然后又推举一个人来尝。这回试验者不停地咳嗽，咧着嘴巴吐着舌头说："太苦了，啥都别说了，兑糖吧……"那一天，循环往复的场景就是女孩子们不断地往小半瓶微黄的液体里兑着葡萄糖，然后伸出舌尖来舔，顷刻抽搐着脸，大叫："苦啊苦啊……"

直到糖水已经浓到了几乎要拉出黏丝，那液体还是只需一滴就会苦得让人打战。试验到此被迫告停，好奇的女兵们到底也没有求证出多少葡萄糖能够中和黄连的苦味。大家意犹未尽，又试着把整片的黄连泡进剩下的半瓶里去，趁着黄连还没有融化，一口吞下，看看结果若何。这一次很快得到证明，没有融化的黄连之苦，还是可以忍受的。

把这个试验一步步说出来，真是无聊至极。不过，它也让我体会到，即使你一生中一定会邂逅黄连，比如生活强有力地非要赐予你极困窘的境遇，比如你遭逢危及生命的重患必得要用黄连解救，比如……你都可以毫无惧色地吞咽黄连。毕竟，黄连是一味良药啊！只是，千万不要人为地将黄连碾碎，再细细品尝，敝帚自珍地长久回味。太多的人习惯珍藏苦难，甚至以此自傲和自虐，这种对苦难的持久迷恋和品尝，会毒化你的感官，会损伤你对美好生活的精细体察，还会让你歧视没有经受过苦难的人。这些就是苦难的副作用。苦的力量比甜的力量要强大得多，不要把黄连碾碎，不要让它嵌入我们的生活。

　　只要你认真寻找，幸福比比皆是。幸福不是一种颜色，也不是七种颜色，甚至也不是一百种颜色……幸福比所有这些相加还要多，幸福是无限的。

# 提醒幸福

我们从小就习惯了在提醒中过日子。天气刚有一丝风吹草动，妈妈就说，别忘了多穿衣服。才相识了一个朋友，爸爸就说，小心他是个骗子。你取得了一点成功，还没容得乐出声来，所有关切着你的人一起说，别骄傲！你沉浸在欢快中的时候，自己不停地对自己说：千万不可太高兴，苦难也许马上就要降临……

我们已经习惯于提醒，提醒的后缀词总是灾祸。灾祸似乎成了提醒的专利，把提醒染得充满了淡淡的贬义。

我们已经习惯了在提醒中过日子，看得见的恐惧和看不见的恐惧始终像乌鸦盘旋在头顶。

在皓月当空的良宵，提醒会走出来对你说：注意风暴。于是我们忽略了皎洁的月光，急急忙忙做好风暴来临的一切准备。当我们大睁着眼睛枕戈待旦之时，风暴却像迟归的羊群，不知在哪里徘徊。当我们实在忍受不了等待灾难的煎熬时，我们甚至会恶意地祈盼风暴早些到来。

在许多个夜晚，风暴始终没有降临。我们辜负了冰冷如银的月光。

风暴终于姗姗地来了。我们怅然发现，所做的准备多半是没有用的。事先能够抵御的风险毕竟有限，世上无法预计的灾难却是无限的。战胜灾难靠的更多的是临门一脚，先前的惴惴不安帮不上忙。

当风暴的尾巴终于远去，我们守住零乱的家园。气还没有喘匀，新的提醒又智慧地响起来，我们又开始对未来充满恐惧的期待。

人生总是有灾难。其实大多数人早已练就了对灾难的从容，我们只是还没有学会在灾难间隙的快活。我们太多注重了自己警觉苦难，我们太忽视提醒幸福。

请从此注意幸福！

幸福也需要提醒吗？

提醒注意跌倒……提醒注意路滑……提醒受骗上当……提醒宠辱不惊……先哲们提醒了我们一万零一次，却不提醒我们幸福。

也许他们认为幸福不提醒也跑不了的。也许他们以为好的东西你自会珍惜，犯不上谆谆告诫。也许他们太崇尚血与火，觉得幸福无足挂齿。他们总是站在危崖上，指点我们逃离未来的苦难。

但避去苦难之后的时间是什么？

那就是幸福啊！

享受幸福是需要学习的，当幸福即将来临的时刻需要提醒。人可以自然而然地学会感官的享乐，人却无法天生地掌握幸福的韵律。灵魂的快意同器官的舒适像一对孪生兄弟，时而相傍相依，时而南辕北辙。

幸福是一种心灵的震颤，它像会倾听音乐的耳朵一样，需要不断地训练。

简言之，幸福就是没有痛苦的时刻。它出现的频率并不像我们想象的那样少。人们常常只是在幸福的金马车已经驶过去很远，捡起地上的金鬃毛说，原来我见过它。

人们喜爱回味幸福的标本，却忽略幸福披着露水散发清香的时刻。那时候我们往往步履匆匆，瞻前顾后不知在忙着什么。

世上有预报台风的，有预报蝗虫的，有预报瘟疫的，有预报地震的。没有人预报幸福。

其实幸福和世界万物一样，有它的征兆。

幸福常常是朦胧地、很有节制地向我们喷洒甘霖。你不要总希冀轰轰烈烈的幸福，它多半只是悄悄地扑面而来。你也不要企图把水龙头拧得更大，使幸福很快地流失。而需静静地以平和之心，体验幸福的真谛。

幸福绝大多数是朴素的。它不会像信号弹似的，在很高的天际闪烁红色的光芒。它披着本色的外衣，亲切温暖地包裹起我们。

幸福不喜欢喧嚣浮华，常常在暗淡中降临。贫困中相濡以沫的一块糕饼，患难中心心相印的一个眼神，父亲一次粗糙的抚摸，女友一个温馨的字条……这都是千金难买的幸福啊。像一粒粒缀在旧绸子上的红宝石，在凄凉中愈发熠熠夺目。

幸福有时会同我们开一个玩笑，乔装打扮而来。机遇、友情、成功、团圆……它们都酷似幸福，但它们并不等同于幸福。幸福会借了它们的衣裙，袅袅婷婷而来，走得近了，揭去帏幔，才发觉它有钢铁般的内核。幸福有时会很短暂，不像苦难似的笼罩天空。如果把人生的苦难和幸福分置天平两端，苦难体积庞大，幸福可能只是一块小小的矿石。但指针一定要向幸福这一侧倾斜，因为它有生命的黄金。

幸福有梯形的切面，它可以扩大也可以缩小，就看你是否珍惜。

我们要提高对于幸福的警惕，当它到来的时刻，激情地享受每一分钟。据科学家研究，有意注意的结果比无意要好得多。

当春天的时候，我们要对自己说，这是春天啦！心里就会泛起茸茸的绿意。

幸福的时候，我们要对自己说，请记住这一刻！幸福就会长久地伴随我们。

那我们岂不是拥有了更多的幸福！

所以，丰收的季节，先不要去想可能的灾年，我们还有漫长的冬季来得及考虑这件事。我们要和朋友们跳舞唱歌，渲染喜悦。既然种子已经回报了汗水，我们就有权沉浸幸福。不要管以后的风霜雨雪，让我们先把麦子磨成面粉，烘一个香喷喷的面包。

所以，当我们从天涯海角相聚在一起的时候，请不要踌躇片刻后的别离。在今后漫长的岁月里，有无数孤寂的夜晚可以独自品尝愁绪。现在的每一分钟，都让它像纯净的酒精，燃烧成幸福的淡蓝色火焰，不留一丝渣滓。让我们一起举杯，说：我们幸福。

所以，当我们守候在年迈的父母膝下时，哪怕他们鬓发苍苍，哪怕他们垂垂老矣，你都要有勇气对自己说：我很幸福。因为天地无常，总有一天你会失去他们，会无限追悔此刻的时光。

幸福并不与财富地位声望婚姻同步，它只是你心灵的感觉。

所以，当我们一无所有的时候，我们也能够说，我很幸福。因为我们还有健康的身体。当我们不再享有健康的时候，那些最勇敢的人可以依然微笑着说：我很幸福。因为我还有一颗健康的心。甚至当我们连心都不再存在的时候，那些人类最优秀的分子仍旧可以对宇宙大声说：我很幸福。因为我曾经生活过。

常常提醒自己注意幸福，就像在寒冷的日子里经常看看太阳，心就不知不觉暖洋洋亮光光。

# 幸福的尺度

　　尺度这个词，表面上看起来，很好理解。尺子嘛，人人都明白。度呢，稍微复杂一点，大致是幅度的意思。就是说，物体在不发生质变的前提下，可以有一点变动的范围。但是，不能过量，过了，就改变了原来的性质，成为另外一种状态了。比如热水在摄氏99度之下，看起来都差不多，就算有点小气泡泛起，也无伤大雅。一旦突破了这个界限，抵达100摄氏度，那么，水就在刹那间变了模样，沸腾嚣张，白雾滚滚……

　　现实生活中，尺度和我们如影行随，你无法逃脱尺度的手掌心。你的身高，你的脚长，你的血压，你的血糖，你的收入，你住房的平方米，你走过的路程，你攀援的高山……尺度无所不在。关于它，还有一句很著名的话，见于战国时代的重要兵书《六韬·农器》："丈夫治田有亩数，妇人织纤有尺度。是富国强兵之道也。"不得了，尺度被提到了安邦治国的战略高度。

　　记得有一次我在某地授课，谈的是幸福问题。有一位女听众举手发问，滔滔不绝。我仔细听了半天，不知道她的问题是什么。她侃侃而谈自己工作顺遂家庭和睦，儿女双全父母健在，身体无恙面容姣好，有房有车……

　　听众们渐渐骚动起来，估计他们也和我一样，摸不着头脑。

　　我抓个缝隙赶紧插进去说，不好意思打断一下您，现在是现场提问时段，您迫不及待地举手发言，可直到此刻，我还不知道您的问题是什么呢？

我的问题……是……她一下子愣了，支吾着。

听众们不耐烦起来，有人蹦着高举手要提新问题。有人干脆示意我不要耽误时间了。

我耐心地等待，女子终于想起来她的问题，说，我已经非常非常幸福了，但是，我还想要更多的幸福。您说，我应该怎样办呢？

场上有嘘声响起。

大多数人都认为自己不够幸福，女子高调炫耀了自己的幸福，让有些人刺痛。你还想要更多的幸福，有人小声嘀咕，你是《渔夫和金鱼》里的老太婆吗？

我说，您只需要做一件事情。

场上肃静下来。一个幸福女人，接下来要做的事是什么呢？

我说，感恩和知足。

幸福并非无边无际，也是有尺度的。对地球上的人来说，最大的尺度，莫过于宇宙。中国古代对于宇宙的解释是这样的——"四方上下曰宇，古往今来曰宙"，用现在的话来解释，就是说，幸福不单有三维空间，还要有四维空间，那就是时间。

爱因斯坦认为，每一瞬间在三维空间中的所有实物，除了占有一定的位置，还有一个时间的轴度，这就是四维概念。那么，在广阔的地域中，在无垠的时间里，该如何看待幸福？眼前感知的幸福瞬间，是否可以永恒？

你今天幸福，但你并不能保证明天幸福。从这个意义上讲，那个沉浸在幸福中的女子有所担忧，也可理解。

不过，尺度有则。面对幸福，你不可以贪婪，因为幸福本身就是有节制的；你不可以炫耀，因为幸福本身是朴素和宁静的；你不可以一厢情愿地认定这是自己命好，因为从宏观讲，有巨大的力量凌驾于我们卑微的生命之上；你不可僭越，将那功劳仅仅归于自己，不能忘了自我的幸福是许许多多人和机缘襄助的善果。大自然和历史给予的教诲，千万要牢记。

不由得想到我的这本小书，它有长度、宽度和高度的外表，也要受到时间的制约。所谓时间制约，是不是从写出文字的这一刻算起，直到最后这本书灭失呢？我多少有点没想明白——即使书本册页不在了，但书中的文字还在某人的脑海中存活着，是否书还有独立的生命？

　　然而我并不担忧。幸福不是蜂蜜、糖或所有甘甜物质的混合体，它的尺寸始终在我们内心的神圣之处。那就是对自己生命状态的全然把握，知道自己在做什么，而这个方式又是给自己带来快乐，并对他人有所裨益的。幸福哪怕再细微，也顽强存在。

# 柔　和

"柔和"这个词，细想起来挺有意思的。先说"和"字，由禾苗和口两部分组成，那含义大概就是有了生长着的禾苗，嘴里的食物就有了保障，人就该气定神闲，和和气气了。

这个规律，在农耕社会或许是颠扑不破的。那时只要人的温饱得到解决，其他的都好说。随着社会和科技的发达进步，人的较低层次需要得到满足之后，单是手中有粮，就无法抚平激荡的灵魂了。中国有句俗话，叫作"吃饱了撑的——没事找事"。可见胃充盈了之后，就有新的问题滋生，起码无法达至完全的心平气和。

再说"柔"这个字。通常想起它的时候，好像稀泥一摊，没什么筋骨的模样。但细琢磨，上半部是"矛"，下半部是"木"——一根木头削成的矛，看来还是蛮有力度和进攻性的。柔是褒义，比如"柔韧，以柔克刚、刚柔相济、百炼钢化作绕指柔……"都说明它和阳刚有着同样重要的美学和实践价值。

记得早年当医学生的时候，一天课上先生问道，大家想想，用酒精消毒的时候，什么浓度为好？学生齐声回答，当然是越高越好啦！先生说，错了。太高浓度的酒精，会使细菌的外壁在很短的时间内凝固，形成一道屏障，后续的酒精就再也杀不进去了，细菌在壁垒后面依然活着。最有效的浓度，是把酒精的浓度调得柔和些，润物无声地渗透进去，效果才佳。

于是我第一次明白了，柔和有时比风暴更有力量。

柔和是一种品质与风格。它不是丧失原则，而是一种更高境界的坚守，一种不曾剑拔弩张，依旧扼守尊严的艺术。柔和是内在的原则和外在弹性充满和谐的统一，柔和是虚怀若谷的谦逊和冷暖相宜的交流。

现代人在风驰电掣的忙碌中，是多么期望自己和他人的柔和啊。不信，你看看报上的征婚广告，尽是征寻性格柔和的伴侣，人们希望目光是柔和的，语调是柔和的，面庞的线条是柔和的，身体的张力是柔和的……

当我们轻轻念出"柔和"这个词的时候，你会觉得有一缕淡蓝色的温润，弥漫在唇舌之间。

有人追索柔和，以为那是速度和技巧的掌握。书刊上有不少教授柔和的小诀窍，比如怎样让嗓音柔和，手势柔和……我见过一个女孩子，为了使性情显出柔和，在手心用油笔写了大大的"慢"字，天天描一遍，掌总是蓝的，以致扬手时常吓人一跳，以为她练了邪门武功。这女孩并为自己规定每说一句话之前，在心中默数从一到十……她除了让人感到木讷和喜怒无常外，与柔和不搭界。

一个人的心如若不柔和，所有对外在柔和形式的摹仿和操练，都是沙上楼阁。

看看天空和海洋吧。当它们最美丽和博大，最安宁和清洁的时候，它们是柔的。

只有成长了自己的心，才会在不经意间，收获了柔和。我们的声音柔和了，就更容易渗透到辽远的空间。我们的目光柔和了，就更轻灵地卷起心扉的窗纱。我们的面庞柔和了，就更流畅地传达温暖的诚意。我们的身体柔和了，就更准确地表明与人平等的信念。

柔和，是力量的内敛和高度自信的宁馨儿。愿你一定在某一个清晨，感觉出柔和像云雾一般悄然袭身。

# 幸福盲

　　若干年前，看过报道，西方某都市的报纸，面向社会征集"谁是世界上最幸福的人"这个题目的答案。来稿很踊跃，各界人士纷纷应答。报社组织了权威的评审团，在纷纭的答案中进行遴选和投票，最后得出了三个答案。因为众口难调，意见无法统一，还保留了一个备选答案。

　　按照投票者的多寡和权威们的意见，发布了"谁是世界上最幸福的人"的答案。记得大致顺序是这样的：

　　一、给病人做完了一例成功手术，目送病人出院的医生。
　　二、给孩子刚刚洗完澡，怀抱婴儿面带微笑的母亲。
　　三、在海滩上筑起了一座沙堡，望着自己的劳动成果的顽童。

　　备选的答案是：写完了小说最后一个字的作家。

　　消息入眼，我的第一个反应是仿佛被人在眼睛上抹了辣椒油，呛而且痛，继而十分怀疑它的真实性。这可能吗？不是什么人闲来无事，搞出来博人一笑的恶作剧吧？我还有几分惶惑和恼怒，在心扉最深处是震惊和不知所措。

　　也许有人说，我没看出这则消息有什么不对头的啊。再说，这正是大多数人对幸福的理解，不算别有用心或是哗众取宠啊！是的是的，我都明白，可心中还是惶惶不安。当我静下心来，细细梳理思绪，才明白自己当时的反应是一种深入骨髓的悲哀。原来我是一个幸福盲。

为什么呢？说来惭愧，答案中的四种情况在某种程度上我都经历过。我是一个母亲，给婴儿洗澡的事几乎是早年间每日的必修课。我曾是一名医生，给很多病人做过手术，目送着治愈了的病人走出医院大门的情形也经历过无数次了。儿时调皮，虽然没在海滩上筑过繁复的沙堡（这条能入选大概和那个国家四面环水有关），但在附近建筑工地的沙堆上挖个洞穴藏个"宝贝"之类的工程，肯定是干过。另外，在看到上述消息的时候，我已发表过几篇作品，因此那个在备选答案中占据一席之地的"作家完成最后一个字"之感，也有幸体验过了。

我集这几种公众认为幸福的状态于一身，可我不曾感到幸福，这真是莫名其妙而又痛苦的事情。我发觉自己出了问题，不是小问题，是大问题，这个问题如果不解决，我所有的努力和奋斗犹如沙上建塔。从最乐观的角度来说，即使是对别人有所帮助，但我本人依然是不开心的。我哀伤地承认，我是一个幸福盲。

我要改变这种情况，我要对自己的幸福负责。从那时起，我开始审视自己对于幸福的把握和感知，我训练自己对于幸福的敏感，我像一个自幼被封闭在洞穴中的人，在七彩光下学着辨析青草和艳花，朗月和白云。我体会到了那些被黑暗囚禁的盲人，手术后打开遮眼的纱布的感觉。那份诧异和惊喜，那份东张西望的雀跃和喜极而泣的泪水，是多么自然而然。

哲人说过，生活中缺少的不是美，而是发现美的目光。让我们模仿一下他的话：生活中也不缺少幸福，只是缺少发现幸福的眼光。幸福盲如同色盲，把绚烂的世界还原成了模糊的黑白照片。拭亮你幸福的瞳孔吧，你就会看到被潜藏、被遮掩、被混淆的幸福如美人鱼一般从深海中浮现，哺育着我们。

# 幸福和不幸永在

我不认为幸福与科学有什么成比例的关系。也就是说，它们分属于两个系统。一个是情感的范畴，属于精神的领域。一个是物质的范畴，属于无生命的领域（这样划分不严谨，对生命科学有点不敬，请原谅。我说的生命指的是变幻万千的活体感觉）。在科学产生之前很久，幸福就存在于我们的感知之中。后来科学出现了，但幸福感并没有出现相应的增长，它们是两股道上跑的车，虽然有的时候，轨道会发生小小的交叉。

我相信在原始人那里，远在科学的胚胎还裹于子夜的黑暗襁褓之中，幸福就顽强地莅临刀耕火种的山洞。证据之一就是那个时候的人，快乐地唱歌和跳舞，还创造出玄妙的神话和精美的文字。你不能说在通红的篝火旁手舞足蹈的那些裸人，不知道什么是幸福。如果谁硬要这么说，以为只有现代人方知晓和能够享受幸福，因而看不起我们的祖先，那倘若不是出于无知，就是赤裸的现代沙文主义。

在某种物质十分匮乏的时候，当它一旦出现，可能会在短暂的时间内帮助引发幸福的感觉。比如，一名男子十分思念热恋中的女友，如果在古代，他只有骑上一匹马，在草原上驰骋三天三夜，才能一睹女友的芳颜，当他看到女友眸子的那一瞬，我相信荡漾在他内心的感觉，就是幸福。如今，当同样的思念袭来的时候，他可以买上一张机票，两个小时之后就平安到达上海，当看到女友眸子的那一瞬，我相信他的幸福感同样强烈和震撼。

我们可以简单地说，飞机是和科学有重要关联的物件。因此，好像科学帮助了幸福。但接下来的问题是，这种幸福感是来源于马匹还是飞机？抑或是草原上的风还是空中的白云？我想，可能众说纷纭。即便问当事人，也会有不同的答案。会有人说，幸福当然和马匹和飞机有关了。如果没有马匹和飞机，这对相爱的恋人如何聚到一起？从马匹到飞机，这就是科技的进步和力量，使幸福的感觉提前出现，并变得比以前要省事容易。

　　我不同意这种意见。理由很简单，马匹和飞机只是这个人通往幸福的工具，而非幸福的理由和必然。在那架飞机上有很多乘客，有的人是例行公事，有的人还可能是奔丧。幸福和飞机的翅膀无关，只和当事人的心情有关。幸福是一种心灵深层的感觉，在最初的温饱和生殖的快感解决之后，它主要来源于人的精神体系的满足。

　　我知道我的观点可能会遭到很多人的质疑。比如有人会说，当你患病的时候，突然有了特效的药品，难道你和你的亲人不浮现出幸福的感觉吗？这死里逃生的光芒难道不是直接来源于科学的太阳吗？

　　我当过很多年的医生，我知道科技的进步对生命的延续是怎样的重要和宝贵。但生命延续的本身，并不一定达至幸福的彼岸。生命只是幸福感得以附丽的温床，生命本身是一个中性的存在。它是既可以涂写痛苦也可以泼洒快乐的一幅白绢。当病人和他的家属为某种特效药喜极而泣的时候，那种幸福的感觉主要源自骨肉间的深情。如果没有这种生死相依的情感，任何药物都无法发动快乐和幸福的过山车。

　　科学使粮食的产量增高，但这个世界上依然有吃不饱的穷人。既然引发贫困的源头不是科学，那么由贫穷所导致的痛苦，也不是科学的创可贴所能抚平。科学使交通工具的速度更快，人们可以更迅捷地从甲地到乙地。但时间的缩短和幸福的产出，并不成正相关。君不见朝夕相处近在咫尺的夫妻，往往并不充溢幸福，而是满怀深仇？科学使人类升上太空，得以了解遥远的宇宙发生的变化。但我看到一位宇航员的回忆录说，他在太空中最深刻的想念是——回到地球。科学发现了原子能巨大的力量，但核武器的堆积，把人类推到了亘古未有的悬祸之中。科学延长了老年人的生命，但如果没有亲情的滋润和生存的尊严，这份延长的时间便与幸福毫不相干。

科学提供了产生幸福的新的机遇，但科学并不导致幸福的必然出现。我看到国外的一份心理学家的报告，说在地铁卖唱为生的流浪者和千万富翁对于幸福的感知频率与强度，几乎是一样的。当一个人晚饭没有着落的时候，一个好心人给的汉堡就能给他带来幸福的感觉。但千万富翁就丧失了得到这份幸福的缘分。幸福是不嫌贫爱富的，我们至今没有办法确知某一种情况将必然导致幸福，同样，也无法确认某一种情况将必然导致不幸。

妈妈看到婴儿的出生，想来是天下的大幸福。但对于一个未婚母亲或是遭夫遗弃的妻子来说，这幸福的强度就可能要打折扣。生命消失之际按说和幸福不搭界，但我确实听到过一个人在他生命垂危之际，说他——很幸福——这个人就是我的父亲。这是他所给予我的最宝贵的精神财富之一，令我知道即使是面对永恒的消失，人也可以满怀幸福地沉稳走去。

说到这儿，离科学就有些远了，而是和人性有了更多的链接。科学要发展，人性要完善，幸福和不幸永在。

# 谈　怕

　　"怕"好像历来是个贬义词。怕什么？别怕！天不要怕，地不要怕……好像不怕才是人生的大境界。

　　其实人的一生总要怕点什么，这就是中国古代说的"相克"。金木水火土，都是有所怕的东西。要是不相克，也就没有了相生，宇宙不就乱了套？

　　人小的时候，怕父母。俗话说衣食父母，我的理解就是衣食来自父母。要是父母火了，不给你吃，不给你穿，你就丧失了基本的生存条件，饥寒交迫地活不下去了，还谈什么别的？所以父母叫你上学你就得上学，叫你成绩好你就得努力。要是一个人从小对慈爱他的父母没有畏惧之心（不是害怕他们本人，而是怕惹他们生气），没有讨他们欢喜之心，那这个人长大了，多半要成为不法之徒。

　　渐渐大起来，就怕老师，怕上级，怕官怕权……总之是怕比自己更有力量的人。我想这不单是一种懦弱，而是弱小动物生存的本能。想我们人类的祖先，不过是些猴子，虽说脑子还算得上机敏，体力实属一般。在漫长的动物排行榜上，只能列在中档靠下的位置。假若什么都不怕，早就被老虎狮子大蟒蛇饕餮了。所以"怕"是一种集体无意识，怕是正常的，不怕却是需要锻炼的事。

　　怕是一件有理的事，每个人都生活在立体空间，上下左右都有掣肘。人上有人，天外有天，总有东西笼罩在你的脑瓜顶。你可以完全不考虑下情，也可以咬着牙不理睬左邻右舍，但你得"惧上"，否则你的位置就保不住了。所以那个无所不在、无所不能的领袖叫作"上帝"。

人须怕法，那是众人行事的准则。人还须怕天，那是自然界运行的规律。怕是一个大的框架，在这个范畴里，我们可以自由活动。假如突破了它的边缘，就成了无法无天之徒，那是人类的废品。

人有最终的一怕，就是死。因为死去的人都不曾回来告诉我们那边的情形，所以我们并不确切地知道死亡是怎样一回事，我们只是盲目地怕着，我们怕的实际是一种未知的状态。人们怕死，很大的一部分是怕痛。要说死其实一点也不痛，就像在沙滩上晒太阳，暖烘烘地就过去了，怕的人一定少得多。再有怕也是怕比的，假如你活得苦不堪言，所有的感官都用来感受痛苦，在怕活和怕死之间，自然也两怕相权取其轻了。因此那极怕死之人，多是很富贵很安逸很猖獗很凌驾一切的显赫。不信你看历代的皇帝，都孜孜不倦地追寻长生不老的仙丹。

女人还有一怕，就是怕老。所以各色美容护肤的佳品层出不穷，种种秘不传人的方子被奉若神明。这一怕的核心是怕时间。世上有许多东西是可以对抗的，唯有时间你不可战胜。可怜女人的这个与生俱来的恐惧，注定无法消除。没有哪一种胭脂可以涂抹时间，女人只好永远地怕下去，除非你不在意衰老。

怕虽有理，却并非总是有利。怕的直接决策是躲，但躲不过的时候，就只有迎头而上。古人们所有教诲我们不要怕的语录，就发生在这一时刻。民不畏死，何以惧之？将对最大的未知的恐惧置之度外，所有已知的苦难都不在话下，这个人的战斗力实不可低估。

但不怕死的人，也仍有一怕，那就是怕自己。死和你做对，只有一次。自己要和你做对，会有无数次的机会。胜利的时候，它会让你骄傲。失败的时候，它诱你气馁。贫困的时候，它指使你堕落。饱暖的时候，它敦促你放荡……自己的实质是欲望。欲望使我们勇敢，欲望也使我们迷失。

人生的发展，一是因为爱好，一是因为惧怕。前者，比如音乐，它并没有更实际的用途，而只是使我们愉悦。那些更实用的发明创造，基本上缘于"怕"。因为害怕冷，人们发明了衣服、房屋、火炉；因为害怕热，人们发明了扇子、草帽、空调器；因为害怕走路，人们发明了汽车、火车、飞机；因为害怕病痛，人们发明了中药、西药、X光、B超；因为害怕地球的孤独，人们向茫茫宇宙进行探索；因为害怕自身的衰退，人们不断高扬精神的旗帜……害怕实在是人类文明进步的助产婆。今后谁知道因了害怕，人类还将诞育多少温馨的婴儿，人类还将补充多少伟大的发明！

　　我们每个人的心里，都有一个害怕的场。这个场，不要太大，那会使我们畏畏葸葸，就太委屈了自己的岁月。这个场，也不可太小，太小了就容易人在边缘，演出不该上演的节目。它需不大也不小，够我们驰骋如烟的想象，够我们度过无悔的人生。

# 爱怕什么

爱挺娇气挺笨挺糊涂的，有很多怕的东西。

爱怕撒谎。当我们不爱的时候，假装爱，是一件痛苦而倒霉的事情。假如别人识破，我们就成了虚伪的坏蛋。你骗了别人的钱，可以退赔，你骗了别人的爱，就成了无赦的罪人。假如别人不曾识破，那就更惨。除非你已良心丧尽，否则便要承诺爱的假相，那心灵深处的绞杀，永无宁日。

爱怕沉默。太多的人，以为爱到深处是无言。其实，爱是很难描述的一种情感，需要详尽地表达和传递。爱需要行动，但爱绝不仅仅是行动，或者说语言和温情的流露，也是行动不可或缺的部分。我曾经和朋友们做过一个测验，让一个人心中充满一种独特的感觉，然后用表情和手势做出来，让其他不知底细的人猜测他的内心活动。出谜和解谜的人都欣然答应，自以为百无一失。结果，能正确解码的人少得可怜。当你自觉满脸爱意的时候，他人误读的结论千奇百怪。比如认为那是——矜持、发呆、忧郁……

一位妈妈，胸有成竹地低下头，做出一个表情。我和另一位女士愣愣地看着她，相互对视了一下，异口同声地说：你要自杀！她愤怒地瞪着我们说，岂有此理！你们怎么那么笨？我此刻心头正充盈温情！愚笨的我俩挺惭愧的，但没等我们道歉的话出口，那妈妈恍然大悟道：原来是这样？怪不得我每次这样看着儿子的时候，他会不安地说：妈妈，我又做错了什么？你又在发什么愁？

爱是那样的需要表达，就像耗竭太快的电器，每日都得充电。

重复而新鲜地描述爱意吧，它是一种勇敢和智慧的艺术。

爱怕犹豫。爱是羞怯和机灵的，一不留神它就吃了鱼饵闪去。爱的初起往往是柔弱无骨的碰撞和翩若惊鸿的引力。在爱的极早期，就敏锐地识别自己的真爱，是一种能力更是一种果敢。爱一桩事业，就奋不顾身地投入。爱一个人，就斩钉截铁地追求。爱一个民族，就挫骨扬灰地献身。爱一桩事业，就呕心沥血。爱一种信仰，就至死不悔。

爱怕模棱两可。要么爱这一个，要么爱那一个，遵循一种"全或无"的铁则。爱，就铺天盖地，不遗下一个角落。不爱就抽刀断水，金盆洗手。迟疑延宕是对他人和自己的不负责任。

爱怕沙上建塔。那样的爱，无论多么玲珑剔透，潮起潮落，遗下的只是无珠的蚌壳和断根的水草。

爱怕无源之水。沙漠里的河啊，即便不是海市蜃楼，波光粼粼又能坚持几天？当沙暴袭来的时候，最先干涸的正是泪水积聚的咸水湖。

爱怕假冒伪劣。真的爱也许不那么外表光滑，色彩艳丽，没有精致的包装，没有夸口的广告，但是它有内在的质量保证。真爱并非不会发生短路与损伤，但是它有保修单，那是两颗心的承诺，写在天地间。

爱是一个有机整体，怕分割。好似钢化玻璃，据说坦克轧上也不会碎，可惜它的弱点是宁折不弯，脆不可裁。一旦破碎，就裂成了无数蚕豆大的渣滓，流淌一地，闪着凄楚的冷光，再也无法复原。

爱的脚力不健，怕远。距离会漂淡彼此相思的颜色，假如有可能，就靠得近一点，再近一点，直到水乳交融亲密无间。万万不要人为地以分离考验它的强度，那你也许后悔莫及。尽量地创造并肩携手天人合一的时光。

爱像仙人掌类的花朵，怕转瞬即逝。爱可以不朝朝暮暮，爱可以不卿卿我我，但爱要铁杵磨成针，恒远久长。

爱怕平分秋色。在爱的钢丝上不能学高空王子，不宜做危险动作。即使你摇摇晃晃，一时不会跌落，也是偶然性在救你，任何一阵旋风，都可能使你飘然坠毁。最明智最保险的是赶快从高空回到平地，在泥土上留下深深脚印。

爱怕刻意求工。爱可以披头散发，爱可以荆钗布裙，爱可以粗茶淡饭，爱可以餐风露宿。只要一腔真情，爱就有了依傍。

爱的时候，眼珠近视散光，只爱看江山如画。耳是聋的，只爱听莺歌燕舞。爱让人片面，爱让人轻信。爱让人智商下降，爱让人一厢情愿。爱最怕的，是腐败。爱需要天天注入激情的活力，但又如深潭，波澜不惊。

说了爱的这许多毛病，爱岂不一无是处？

爱是世上最坚固的记忆金属，高温下不融化，冰冻不脆裂。造一艘爱的航天飞机，你就可以驾驶着它，遨游九天。

爱是比天空和海洋更博大的宇宙，在那个独特的穹宇中，有着亿万颗爱的星斗，闪烁光芒。一粒小行星划下，就是爱的雨丝，缀起满天清光。

爱是神奇的化学试剂，能让苦难变得香甜，能让一分钟永驻成永远，能让平凡的容颜貌若天仙，能让喃喃细语压过雷鸣电闪。

爱是孕育万物的草原。在这里，能生长出能力、勇气、智慧、才干、友谊、关怀……所有人间的美德和属于大自然的美丽天分，爱都会赠予你。

在生和死之间，是孤独的人生旅程。保有一分真爱，就是照耀人生得以温暖的灯。

# 轰毁你心中的魔床

曾经她在他眼里是天下最可爱的女孩，但为什么说翻脸就翻脸，一下子变成永没有交集的路人？

魔鬼有张床。它守候在路边，把每一个过路的人，揪到它的魔床上。魔床的尺寸是现成的，路人的身体比魔床长，它就把那人的头或是脚锯下来。那人的个子矮小，魔鬼就把路人的脖子和肚子像拉面一样抻长……只有极少的人天生符合魔床的尺寸，不长不短地躺在魔床上，其余的人总要被魔鬼折磨，身心俱残。

一个女生向我诉说：我被甩了，心中苦痛万分。他是我的学长，曾每天都捧着我的脸说，你是天下最可爱的女孩。可说不爱就不爱了，做得那么绝，一去不回头。我是很理性的女孩，当他说我是天下最可爱的女孩的时候，我知道我姿色平平，担不起这份美誉，但我知道那是出自他的真心。那些话像火，我的耳朵还在风中发烫，人却大变了。我久久追在他后面，不是要赖着他，只是希望他拿出响当当硬邦邦的说法，给我一个交代，也给他自己一个交代。

由于这个变故，我不再相信自己，也不相信他人。我怀疑我的智商，一定是自己的判断力出了问题。如此至亲至密，说翻脸就翻脸，让我还能信谁？

女生叫箫凉，箫凉说到这里，眼泪把围巾的颜色一片片变深。失恋的故事，我已听过成百上千，每一次，不敢丝毫等闲视之。我知道有殷红的血从她心中滴落。

我对萧凉说，这问题对你，已不单单是失恋，而是最基本的信念被动摇了，所以你沮丧、孤独、自卑，还有愤怒的莫名其妙……

萧凉说，对啊，他欠我太多的理由。

我说，人是追求理由的动物。其实，所有的理由都来自我们心底的魔床——那就是我们对一些问题的看法和观念。它潜移默化地时刻评价着我们的言行和世界万物。相符了，就皆大欢喜，以为正确合理。不相符，就郁郁寡欢怨天尤人。

这种魔床，有一个最通俗最简单的名字，就叫作"应该"。有的人心里摆得少些，有三个五个"应该"。有的人心里摆得多些，几十个上百个也说不准，如果能透视到他的内心，也许拥挤得像个卖床垫的家具城。

魔床上都刻着怎样的字呢？

萧凉的魔床上就写着"人应该是可爱的"。我知道很多女生特别喜欢这个"应该"。热恋中的情人，更是三句话不离"可爱"。这张魔床导致的直接后果，就是我们以为自己的存在价值，决定于他人的评价。如果别人觉得我们是可爱的，我们就欢欣鼓舞，如果什么人不爱我们了，就天地变色日月无光。很多失恋的青年，在这个问题上百思不得其解，苦苦搜索"给个理由"。如果没有理由，你不能不爱我。如果你说的理由不能说服我，那么就只有一个理由，就是我已不再可爱，一定是我有了什么过错……很多失恋的男女青年，不是被失恋本身，而是被他们自己心底的魔床，锯得七零八落。残缺的自尊心在魔床之上火烧火燎，好像街头的羊肉串。

要说这张魔床的生产日期，实在是年代久远，也许生命有多少年，它就相伴了多少年。最初着手制造这张魔床的人。也许正是我们的父母。当我们还是婴儿的时候，那样弱小，只能全然依赖亲人的抚育。如果父母不喜欢我们，不照料我们，在我们小小的心里，无法思索这复杂的变化，最简单的方式，我们就以为是自己的过错，必是我们不够可爱，才惹来了嫌弃和疏远。特别是大人们的口头禅："你怎么这么不乖？如果你再这样，我就不喜欢你了……"凡此种种，都会在我们幼小的心底，留下深深的印记。那张可怕的魔床蓝图，就这样一笔笔地勾画出来了。

有人会说，啊，原来这"应该如何如何"的责任不在我，而在我的父母。其实，床是谁造的，这问题固然重要，但还不是最重要的。心理学家弗洛伊德说过，一个孩子，就是在最慈爱的父母那里长大，他的内心也会留有很多创伤（大意，原谅我一时没有找到原文，但意思绝对不错）。我们长大之后，要搜索自己的内心，看看它藏有多少张这样的魔床，然后亲手将它轰毁。

# 额头与额头相贴

如今，家家都有体温表。苗条的玻璃小棒，头顶银亮的铠甲，肚子里藏一根闪烁的黑线，只在特定的角度瞬忽一闪。捻动它的时候，仿佛是打开裹着幽灵的咒纸，病了或是没病，高烧还是低烧，就在焦灼的眼神中现出答案。

小时家中有一枚精致的体温表，银头好似一粒扁杏仁。它装在一支粗糙的黑色钢笔套里。我看过一部反特小说，说情报就是藏在没有尖的钢笔里，那个套就更有几分神秘。

妈妈把体温表收藏在我家最小的抽屉——缝纫机的抽屉里。妈妈平日上班极忙，很少有工夫动针线，那里就是家中最稳妥的所在。

大约七八岁的我，对天地万物都好奇得恨不能吞到嘴里尝一尝。我跳皮筋回来，经过镜子，偶然看到我的脸红得像在炉膛里烧好可以夹到冷炉子里去引火的炭煤。我想我一定发烧了，我觉得自己的脸可以把一盆冷水烧开。我决定给自己测量一下体温。

我拧开黑色笔套，体温表像定时炸弹一样安静。我很利索地把它夹在腋下，冰冷如蛇的凉意，从腋下直抵肋骨。我耐心地等待了五分钟，这是妈妈惯常守候的时间。

终于到了。我小心翼翼地拿出来，像妈妈一样眯起双眼把它对着太阳晃动。

我什么也没看到，体温表如同一条清澈的小溪，鱼呀虾呀一概没有。

我百般不解，难道我已成了冷血动物，体温表根本不屑于告诉我了吗？

对啦！妈妈每次给我夹表前，都要把表狠狠甩几下，仿佛上面沾满了水珠。一定是我忘了这一关键操作，体温表才表示缄默。

我拈起体温表，全力甩去。我听到背后发生犹如檐下冰凌折断般的清脆响声。回头一看，体温表的扁杏仁裂成无数亮白珠子，在地面轻盈地溅动……

罪魁是缝纫机板锐利的折角。

怎么办呀？

妈妈非常珍爱这支体温表，不是因为贵重，而是因为稀少。那时候，水银似乎是军用品，极少用于寻常百姓，体温表就成为一种奢侈。楼上楼下的邻居都来借用这支体温表，每个人拿走它时都说：请放心，绝不会打碎。

现在，它碎了，碎尸万段。我知道任何修复它的可能都是痴心妄想。

我望着窗棂发呆，看着它们由灼亮的柏油样棕色转为暗淡的树根样棕黑。

我祈祷自己发烧，高高地烧。我知道妈妈对得病的孩子格外怜爱，我宁愿用自身的痛苦赎回罪孽。

妈妈回来了。

我默不作声。我把那只空钢笔套摆在最显眼的地方，希望妈妈主动发现它。我坚持认为被别人察觉错误比自报家门要少些恐怖，表示我愿意接受任何惩罚而不是凭自首减轻责任。

妈妈忙着做饭。我的心越发沉重，仿佛装满水银（我已经知道水银很沉重，丢失了水银头的体温表轻飘得像支秃笔）。

实在等待不下去了，我飞快地走到妈妈跟前，大声说：我把体温表给打碎了！

每当我遇到害怕的事情，我就迎头跑过去，好像迫不及待的样子。

妈妈狠狠地把我打了一顿。

那支体温表消失了，它在我的感情里留下一个黑洞。潜意识里我恨我的母亲——她对我太不宽容！谁还不失手打碎过东西？我亲眼看见她打碎一个很美丽的碗，随手把两片碗碴一撂，丢到垃圾堆里完事。

大人和小孩，是如此地不平等啊！

不久，我病了。我像被人塞到老太太裹着白棉被的冰棍箱里，从骨头缝里往外散发寒气。妈妈，我冷。我说。

你可能发烧了。妈妈说，伸手去拉缝纫机的小抽屉，但手臂随即僵在半空。

妈妈用手抚摸我的头。她的手很凉，指甲周旁有几根小毛刺，把我的额头刮得很痛。

我刚回来，手太凉，不知你究竟烧得怎样，要不要赶快去医院……妈妈拼命搓着手指。

妈妈俯下身，用她的唇来吻我的额头，以试探我的温度。

母亲是严厉的人。在我有记忆以来，从未吻过我们。这一次，因为我的过失，她吻了我。那一刻，我心中充满感动。

妈妈的口唇有一种菊花的味道，那时她患很重的贫血，一直在吃中药。她的唇很干热，像外壳坚硬内瓤却很柔软的果子。

可是妈妈还是无法断定我的热度。她扶住我的头，轻轻地把她的额头与我的额头相贴。她的每一只眼睛看定我的每一只眼睛，因为距离太近，我看不到她的脸庞全部，只感到一片灼热的苍白。她的额头像碾子似的滚过，用每一寸肌肤感受我的温度，自言自语地说，这么烫，可别抽风……

我终于知道了我的错误的严重性。

后来，弟弟妹妹也有过类似的情形。我默然不语，妈妈也不再提起。但体温表树一样栽在我心中。

终于，我看到了许多许多根体温表。那一瞬，我脸上肯定灌满贪婪。

我当了卫生兵，每天需给病人查体温。体温表插在盛满消毒液的盘子里，好像一位老人生日蛋糕上的银蜡烛。

多想拿走一支还给妈妈呀！可医院的体温表虽多，管理也很严格。纵是打碎了，原价赔偿，也得将那破损的尸骸附上，方予补发。我每天对着成堆的体温表处心积虑摩拳擦掌，就是无法搞到一支。

后来，我做了化验员，离体温表更遥远了。一天，部队军马所来求援，说军马们得了莫名其妙的怪症，他们的化验员恰好不在，希望人医们伸出友谊之手。老化验员对我说，你去吧！都是高原上的性命，不容易。人兽同理。

一匹砂红色的军马立在四根木桩内，马耳像竹笋般立着，双眼皮的大眼睛贮满泪水，好像随时会跌跪。我以为要从毛茸茸的马耳朵上抽血，战战兢兢不敢上前。

兽医们从马的静脉里抽出暗紫色的血。我认真检验，周到地写出报告。

我至今不知道那些马们得的是什么病，只知道我的化验结果起了至关重要的作用。

兽医们很感激，说要送我两筒水果罐头作为酬劳。在维生素匮乏的高原，这不啻一粒金瓜子。我再三推辞，他们再四坚持。想起人兽同理，我说，那就送我一支体温表吧！

他们慨然允诺。

春草绿的塑料外壳，粗大若小手电。玻璃棒如同一根透明铅笔，所有的刻码都是洋红色的，极为清晰。

准吗？我问。毕竟这是兽用品。

很准。他们肯定地告诉我。

我珍爱地用手绢包起。本来想钉个小木匣，立时寄给妈妈。又恐关山重重雪路迢迢，在路上震断，毁了我的苦心。于是耐着性子等到了一个士兵的第一次休假。

妈妈，你看！我高擎着那支体温表，好像它是透明的火炬。

那一刻，我还了一个愿。它像一只苍鹰，在我心中盘桓了十几年。

妈妈仔细端详着体温表说，这上面的最高刻度可测到摄氏四十六度，要是人，恐怕早就不行了。

我说，只要准就行了呗！

妈妈说，有了它总比没有好。只是现在不很需要了，因为你们都已长大。

# 再选你的父母

我猜很多人一看到这个题目的名称，就大不以为然，甚至愤愤然了，觉得毕淑敏是不是昏了头，父母是可以再选的吗？中国是孝之邦，身体发肤，受之父母，戴德还表达不尽，岂容再选？我的父母是天下最好的父母，让我重选父母，这不是逼人不孝吗？若是父母已驾鹤西行，这题目简直就是违背天伦。

请您相信我，我没有一丁点想冒犯您的意思，也不是为了震撼视听哗众取宠，实在是为了您的心理健康。

父母可不可以批评？我想大家理论上一定承认父母是可以批评的。即使是伟人，也有这样那样的错误和缺点，我们的父母肯定不是完人，当然也可以讨论。可实际上，有多少人心平气和地批评过我们的父母，并收到了良好的回馈，最终取得了让人满意的效果呢？我能客观地审视父母的优劣长短、得失沉浮吗？我相信愤怒的青年可以大吵一架离家出走，但这并不代表着他能公允地建设性地评价父母。也许有人会说，那是历史了，我们有什么理由在很多年后，甚至在父母都离世之后，还议论他们的功过是非呢？

我想郑重地说，有。因为那些历史并没有消失，它们就存在于我们心灵最隐秘的地方，时时在引导着我们的行为准则，操纵着我们的喜怒哀乐。

父母是会伤人的，家庭是会伤人的。当我们还是孩子的时候，我们无力分辨哪些是真正的教导、哪些只是父母自身情绪的宣泄。我们如同酒店里恭顺的小伙计，把父母的话和表情，还有习惯和嗜好，如同流水账一般记录在年幼的脑海中。他们是我们的长辈，他们供给我们吃穿住行，在某种程度上说，我们是凭借他们的喜爱和给予，才得以延续自己幼小的生命。那时候，他们就是我们的天和地，我们根本就没有力量抗辩他们、忤逆他们。

你的父母塑造了你，你在不知不觉中重复着他们展示给你的模板，你是他们某种程度的复制品。分析他们的过程其实是在分析你自己。

请你准备一张白纸，让思绪和想象自由驰骋。在白纸上方写下你的名字，左边写上"再选"二字。现在，纸上的这行字变成了"再选 X"，你在这行字的右面写上"的父母"三个字。

"再选 X 的父母"。我敢说，也许在此刻之前，你从来没有想过可以把自己的父母炒了鱿鱼，让他们下岗，自行再来招聘一对父母。请你郑重地写下你为自己再选父母的名字。

父：

母：

我猜你一定狠狠地愣了一下。虽然我们对自己的父母有过种种的不满，但真的把他们淘汰了，你一定目瞪口呆。你要挺住啊，记住这不过是一个游戏。

谁是我们再选父母的最佳人选呢？你不必煞费苦心，心灵游戏的奥妙之处就在于它的一闪念之中。你的潜意识如同潜藏深海的美人鱼，一个鱼跃，跳出海面，露出了它流线型的身躯和嘴边的胡须。原来，它并非美女，也不是猛兽。关于你的再选父母的人选，你把头脑中涌起的第一个人名写下就是了。

他们可以是英雄豪杰，也可以是邻居家的老媪；可以是已经逝去的英豪，也可以是依然健在的大款；可以是绝色佳人，也可以是末路英雄；可以是动物植物，也可以是山岳湖泊；可以是日月星辰，也可以是布帛黍粟；可以是一代枭雄，也可以是飞禽走兽；可以是自己仰慕的长辈，也可以是弟妹同学……总之，你就尽量展开想象的翅膀，天上地下地为自己选择一对心仪的父母。

你再选的父母是什么类型的东西（原谅我用了"东西"这个词，没有不敬的意思，只是一言以蔽之），这不重要。重要的是你在这个游戏中重新认识了你的父母，你在弥补你童年的缺憾，你在重新构筑你心灵的世界。你会发现自己缺少的东西、追求的东西到底是什么。

有个农村来的孩子，父母都是贫苦的乡民。在重选父母的游戏中，他令自己的母亲变成了玛丽莲·梦露，让自己的父亲变成了乾隆。我想这是一个非常典型的例子，我首先要感谢这位朋友的坦率和信任。因为这样的答案太容易引起歧义和嘲笑了，虽然它可能是很多人的向往。

我问他，玛丽莲·梦露这个女性，在你的字典中代表了什么？他回答说，她是我见过的最美丽和最现代的女人。我说，那么，你是不是觉得自己亲生母亲丑陋和不够现代？他沉默了很久说，正是这样。中国有句俗话叫作"儿不嫌母丑，狗不嫌家贫"，我嫌弃我的母亲丑，这真是大不敬的恶行。平常我从来不敢跟人表露，但她实在是太丑的女人，让我从小到大蒙受了很多耻辱。我在心里是讨厌她的。从我开始知道美丑的概念，我就不容她和我一道上街，就是距离很远，一前一后的也不行，因为我会感到人们的目光像线一样把我和她联系起来。后来我到城里读高中，她到学校看我，被我呵斥走了。同学问起来，我就说，她是一个丐婆，我曾经给过她钱，她看我好心，以为我好欺负，居然跟到这里来了……我说这些话的时候，觉得自己也很有道理，因为母亲丑，并把她的丑遗传给了我，让我承受世人的白眼，我想她是对不住我的。至于我的父亲，他是乡间的小人物，会一点小手艺，能得到人们的一点小尊敬。我原来是以他为豪的，后来到了城里，上了大学，才知道山外有山、天外有天，才知道父亲是多么草芥。同学们的父亲，不是经常在本地电视要闻中露面的政要，就是腰缠万贯、挥金如土的巨富，最次的也是个国企的老总，就算厂子穷得叮当响，照样有公车来接子女上下学。我位于社会底层的位置是我的父母强加给我的，这太不公平。深层的怒火潜伏在我心底，使我在自卑的同时非常敏感，性格懦弱，但在某些时候又像地雷似的一碰就炸……算了，不说我了，我本来认命了，因为父母是不能选择的，所以也从来没有动过这方面的脑筋。既然你今天让做换父母的游戏，让我可以大胆设想、别具一格，我一下子就想到了梦露和乾隆。

我说，先问你一个问题，如果父亲不是乾隆，换成布什或布莱尔，要不就是拉登，你以为如何？

他笑起来说，拉登就免了吧，虽然名气大，但是个恐怖分子，再说翻山越岭胡了老长的也太辛苦。布什或布莱尔？

当然可以，我说，你希望有一个总统或是皇上当父亲，这背后反映出来的复杂思绪，我想你能察觉。

他静了许久，说，我明白那永远伴随着我的怒气从何而来了。我仰慕地位和权势，我希图在众人视线的聚焦点上。我看重身份，热爱钱财，我希望背靠大树好乘凉……当这些无法满足的时候，我就怨天尤人，心态偏激，觉得从自己一落地就被打入了另册。因此我埋怨父母，可是中国"孝"字当先，我又无法直抒胸臆，情绪翻搅，就让我永远不得轻松。工作中、生活中遇到的任何挫折，都会在第一时间让我想起先天的差异，觉得自己无论怎样奋斗也无济于事……

我说，谢谢你的这番真诚告白。只是事情还有另一面的解释，我不知你想过没有？

他说，我很想一听。

我说，这就是，你那样平凡贫困的父母在艰难中养育了你，你长得并不好看，可他们没有像你嫌弃他们那样嫌弃你，而是给了你力所能及的爱和帮助。他们自己处于社会的底层，却竭尽全力供养你读书，让你进了城，有了更开阔的眼界和更丰富的知识。他们明知你不以他们为荣，可他们从不计较你的冷淡，一如既往地以你为荣。他们以自己孱弱的肩膀托起了你的前程，我相信这不是希求你的回报，只是一种无私无悔的爱。

你把梦露和乾隆的组合当成你的父母的最佳结合，恕我直言，这种跨越国籍和历史的组合，攫取了权威和美貌的叠加，在这后面你是否舍弃了自己努力的空间？

梦露是出自上帝之手的珍稀品种，乾隆也是天分和无数拼杀才造就的英才。在你的这种搭配中，我看到是一厢情愿的无望，还有不切实际的奢求。

那位年轻人若有所思地走了。我注视着他的背影，期待他今后可能会有改变。

请你静静地和你的心在一起，面对着你写下的期望中的父母的名字，去感受这种差异后面麇集的情愫。发现是改变的尖兵。

# 家的疆域

　　一个家就像一潭水，经常有风和石头经过，扰乱平静。夫妻间发生争执的人和事，有时同自家没一点关系，颇有株连的味道。比如遥远的地方有一个女人死了，妻子说，真吓人啊。丈夫说，有什么了不起？这世上每天死的人多了去了。妻子就说，想不到你是这么一个绝情的人，有朝一日我死了，只怕你也无动于衷。丈夫说，这不是强加于人吗？她死和你死有什么关系呢？真小题大作！妻子说，我都要死了，你还说是小题，在你心里，究竟谁才是大事……于是，争吵就水到渠成地发生了。

　　家是一个那么容易发生地震的地方，其频率和烈度大大超乎我们的想象，震中却往往不足挂齿。好像人们相知得越多，越难以彼此从容地体谅。如果说我们对外界的人，还有耐心探讨动机的多种可能性，做出比较理性客观的判断，对在同一屋檐下爆发的争吵，几乎从一开始就认定对方是挑衅和非善意。我们可能为一件毫不相干的人和事，发起剧烈的口角，直到完全忘记了唇枪舌剑的诱因，只遗留下锋利言辞对彼此心灵的伤害。每逢阴雨，那伤痕还会像蚯蚓似的蠢蠢欲动。

　　或许对家庭的势力范围，做个明确的划分会有益处。家是我们共同的领地，它从建立那天起，就是一个崭新的国度。每个男人和女人，在婚前都有自己的疆界和朋友。走到一起来的时候，除了携着自身，还举一反三地带来了原先的爱好、习惯和亲朋……要知道，新组家庭的国境线，并不是男女双方原有管辖区域简单地算术叠加。

如果你悲惨地那样以为了，就会对不期而至的遭遇战事惊诧莫名，被无穷的战火轻则熏伤重则灼灭。

每一对夫妻都需要细致地研究，这个刚刚诞生的小小联合体，有哪些不同的兴趣和特殊的禁忌。

当我们对某一人和事慷慨陈词的时候，也许表面上看不出血肉相依的联系，但实际上凸透的是自己对世间的特定视角。既然我们在其他场合，都可以谦虚地承认自己并非万能，在家中为什么要强硬地固执己见？想来是希望最亲近的人，能与自己心心相印。一旦遭到误解和反驳，愤怒和沮丧便呈现三倍的猛烈与尖锐。

所以，对于那些敏感而无关大局的话题，明智的办法就是像两个边境不清的邻国，各自后撤，以便维护和平共处。

无伤大雅的分歧，可避让与迂回。对远处的人和事，不妨模糊朦胧，求同存异。对那些有可能导致战火的危险话题，明智地腾挪躲闪。对共同感兴趣的部分，大张旗鼓同仇敌忾。

当然，疆域可以渗透，可以磨合，可以扩展，可以融会贯通天下大同。但那需要时间，很漫长的时间，也许一生一世。涂抹疆域界线的橡皮，只能是爱。持之以恒的相互热爱，甘远醇厚。爱到心驰神往，爱到天人合一。

家可以延伸得很远很远，包容大千世界。家可以蜷缩得很小很小，仅两个人也打得不可开交。家的边陲可以绿树成荫繁花似锦，围起一个小鸟的天堂。家也可以狼藉一片血流漂杵，筑成一双男女的死牢。关键需每位成员既是国王也是兵，建设它守卫它，和谐地调整家的内政外交，处理好家的边关防务。

在家的日子，我们要更宽容，更聪慧，更善良，更真诚。

家无垠。

# 家　问

家是什么？

家会很小很小，螺蛳壳是蜗牛的家。家会很大很大，宇宙是星星的家。

家会很轻很轻，像一粒浮尘，被人一指掸掉，不留一丝痕迹。家会很重很重，像一座铅山，压在脊上，寸步难行。

家会很快乐很幸福，像一眼不老的喜泉。家会很凄楚很悲凉，像一汪深不可测的泪潭。

问年轻人：家是什么？

他们回答：家是粉红色的玫瑰，有刺更有蕾。家是甜蜜的吻、热烈的拥抱、柔情似水的情话和思念时的邮票。

问中年人：家是什么？

他们回答：家是心灵与肉体的港湾，能停泊万吨巨轮也能栖息独木小舟。家是无私的付出与接纳，家是脱去疲劳的热水澡。家是一个苹果，你一大口，我一小口。家是一副重担，我愿这边的力臂短，你那边的力臂长。

问老年人：家是什么？

他们回答：家是黄昏湖边的搀扶，家是灯下互相剪去丝丝白发。家是一件旧风衣，风也是它雨也是它。家是虽非一见钟情，却望白头偕老的漫漫旅程。家是墓前的一枝黄菊。

问孩子：家是什么？

他们回答：家是妈妈柔软的手和爸爸宽阔的肩膀，家是一百分时的奖赏和不及格时的斥骂。家是可以耍赖撒谎当皇帝，也得俯首听命当奴隶的地方。家是既让你高飞又用一根线牵扯的风筝轴。

问情人：家是什么？

他们回答：家是舐着伤口的两只狼，家是荷尔蒙的汹涌分泌。家是一日不见，如隔三秋。家是猜忌、争执、思恋、指责的杂耍场。家是枕边泪窗前月，家是今夜你会不会来？

问养家的人：家是什么？

他说，家不是勋章，你挂在胸前，别人也看不见。家是一条暗地里逼你不断挣钱的鞭子，直抽得你遍体鳞伤。

问弃家的人：家是什么？

他说：家是一种能力，一种学习。我自忖无力从那里毕业，就中途逃亡了。

问无家的人：家是什么？

他说：家是羁绊，家是约束，家是熄灭人创造激情的沼泽地，家是一种奢侈的糜费。

问恋家的人：家是什么？

他说：家是树上的喜鹊窝。纵然世界毁灭了，只要家在，依然有一切。

问恨家的人：家是什么？

他说：家是爱情的终点，家是英雄的坟墓。家是累赘，家是负担。家是挂在你项上的枷锁，家是你自卖自身的契约。

我不知世上还有另外的场所，会如此众说纷纭，褒贬不一。

纵观家庭，是大千世界的缩影。人们在家中卸去重重角色的面具，露出天然嘴脸，最坦率最赤裸。人性的善与丑，方寸之间，纤毫毕现。一代伟人，能治理好一个国，未必能调整好一个家。能统帅千军万马的将军，可能是妇孺裙钗下的败将。

有人以为家是最自由最放任的所在，可以放荡不羁。其实，家是最考验责任感的圣坛。对一个你所挚爱的人，都不忠诚，你还能为世人所信吗？对一个托付终身的人，都无法负起责任，你还能承诺他人的期嘱吗？连自己的一脉血缘都不能照料和抚育，你还能爱国爱民吗？在家中，我们看到了太多的丑恶。对亲人施暴的人，不可能对他人仁慈。在家中阴郁的人，不可能对太阳微笑。在家中诡计多端的人，不可能真诚对待友人。在家中粉饰虚伪的人，不可能直面惨淡人生。

如果没有准备好，请不要撕下走进家庭的门票。如果没有爱自己也爱他人的能力，请不要构造家庭的地基。

很多人抱着从家庭掠取支援的动机，匆匆为自己寻一个可供汲取能量的后勤仓库。殊不知，家庭不是无中生有变出魔力的黑斗篷。家庭的温暖，先要无私无偿地培养和付出，然后才像春草，毛茸茸地生长起来。一旦失去了爱情的滋养，再稳固的家也会很快风化。爱的力量，有时很巨大，有时很贫瘠，全看你是否以心血灌溉。

家庭里如果没有神圣感和勇气，请别要孩子。家庭缔结之时，并不是简单男女人数相加，而是诞生了另样的结构，一个崭新的物种。这个物种的花朵和果实，就是孩子。

一花一世界，一家一宇宙。婴儿降临世上，家是包裹他的蛹壳。倘若家中注满健康的爱的花粉，他就吸吮着它，用爱滋养构建着自己的听觉嗅觉知觉，渐渐地酿成心中小小的蜜盏。在爱中长大的孩子，爱是他的羽衣，爱是他的长矛。在爱中蓬勃成长的孩子，他看天下，就比较的明朗。他看人性，就比较的乐观。他看自身，就比较的尊严。他看他人，就比较的客观。他看丑恶，就比较的勇敢。他看前途，就比较的光明。他看事物，就比较的冷静。他看死亡，就比较的泰然。

在纷乱和丑恶的气氛中成长的孩子，是伪劣家庭的痛苦产品。他们在家中最先看到并习得的待人处世经验，是破碎疏离和粗暴残酷。他们是那样幼小，缺乏分辨的能力，以为这就是人世间的模型。当他们走进社会的时候，会不由自主地以不良家庭的模式对待他人，将紊乱与不和谐传染到更远的范畴。更令人惊惧的是，来自不完美家庭的孩子们，彼此具有病态的吸引力，仿佛冥冥中有一块恶作剧的磁石，牵引性格有缺憾的男女，使他们格外同病相怜，迫不及待地走到一起。病态中建立的家庭，如履薄冰，全是悲剧。如果不能卓有成效地打断绞链，这种会伤人的家庭，就像顽强的稗草，代代相传，贻害无穷。

家可以很单纯，一个人也是一个完整的家。家可以很复杂，整个地球是一个共同的屋顶。

家啊，是理解奉献思念呵护，是圣洁宽容接纳和谐，是磨合欣赏忠诚沟通，是心心相印浪漫曲折生死相依海角天涯。

# 最大的缘分

这几年，"缘"字泛滥，见面就是缘。

在翠绿的伊犁河谷，一位哈萨克少女，高擎着马奶子酒说，尊贵的客人，世上最高最长远的缘分是什么呢？是吃啊！一生下来，婴儿就要吃。到不能吃的时候，缘分也就尽了。人们因吃而聚，因吃而离……

那一天，所有的味道，都被这句话漂白。

吃是笼罩天穹的巨伞。甚至从生命还没有诞生，我们就开始吃了。构成我们机体原初的那些物质：骨的钙，血的铁，瞳孔的胡萝卜素，头发的维生素原 B5，肌肉的纤维，脑神经的沟回……无一不是我们从大自然攫取来的。生命始自吃大自然，大自然是胚胎化缘的钵，这就是最洪荒的缘分啊。

出生后，我们开始吃母亲。乳汁是世界上最完整最富于消化吸收的养料，妈妈的胸怀，是我们赖以生存的谷仓，遮风雨的帐篷，温暖的火墙和日夜轰响的交响乐团（资料证明，婴儿在母亲的心跳声中，感觉最安宁。因为这声音的节奏，已融入孩子永恒的记忆）。因为吃与被吃，母与子，结成天下无与伦比的友谊。这种友谊被庄严地称为——母爱。

长大了，我们开始吃自己。养活你自己，几乎是进入成人世界最显著的标志。填平空虚的胃，曾经是多少人惨淡经营的梦想。待统计到国计民生上，温饱解决了，我们就能进入小康，吃——此刻不仅仅是食物，更成了逾越文明纪录的标杆。吃是基础，吃是栋梁，有了吃，一个民族才能在世界的麦克风中有扩大的声音。没有吃，肚子咕咕叫的动静压倒一切，遑论其他！

夫妻走到一块，叫作从此在一个饭锅里搅马勺了。吃是男女长久的媒人和黏合剂。

普天之下，熙熙攘攘，多少酒肆饭楼，早茶晚宴，都是为吃聚在一处。古往今来，不知有多少大事在觥筹交错中议定，有多少金钱在餐桌下滚滚作响。

为了吃，人是残忍的，远古时曾尝遍了包括人自身在内的所有生物。进步了，不再吃人。科学了，不再吃有害健康的食物。但人的好吃仍是无与伦比，毒蛇有毒，拔了牙。河豚烈性，剥了内脏继续吃。珍禽异兽，都曾被人烹炸清炖，吃了南极吃北极，先是磷虾后是鲸……人是地球上能吃善吃的冠军，狮子老虎都得自叹弗如。

吃到遥远的地方，吃出奇异的境界，是人类永不磨灭的理想。所以，人总想吃出地球去，吃到太空去，到另外的星球上找饭吃，这便是无限神往的明天了。

到什么也不想吃的时候，生命已到尾声，与这世界的缘分将尽了。所以，能吃是最基本的缘分，切不可小觑。与“能吃”的可爱相比，功名利禄都是沽水。吃亦有道，需吃得聪明，吃得正大，吃得坦荡，吃的是自己双手挣来的清白，吃才是人间的幸福。

珍惜能吃的日子，珍惜一道举筷的亲人。珍惜畅饮的朋友，珍惜吃的智慧。敬畏热爱供给我们吃的原料，吃的场所，吃的机会，吃的概率的源头……大自然与母亲！

## 常常爱惜

拾起一穗遗落在秋天原野上的麦芒时，我们心中会涌起一种情感……

当水龙头正酝酿着滴落一颗水珠，一只手紧紧拧住闸门时，我们心中会涌起一种情感……

当凝望宝蓝的天空因为浓雾而昏昏沉沉时，我们心中会涌起一种情感……

当注视一个正义的人无力捍卫自己的尊严，孤苦无助的时候，我们心中会涌起一种情感……

人类将这种痛而波动的感觉命名为爱惜。

我们读这两个字的时候，通常要放低了声音，徐徐地从肺腑最柔软的孔腔吐出，怕惊碎了这薄而透明的温情。

爱惜的大前提是爱。爱是人类一种最珍贵的情感体验，它发源于深刻的本能和绵绵的眷恋。爱先于任何其他情感，轻轻沁入婴儿小而玲珑的心灵。爱那给予生命的母亲，爱那清冷的空气和滑润的乳汁。爱温暖的太阳和柔和的抚爱，爱飞舞的光影和若隐若现的乐声……

爱惜的土壤是喜欢。当我们喜欢某种东西的时候，就期冀它的长久和广大，忧郁它的衰减和短暂。当我们对喜爱之物怀有难以把握的忧虑时，吝啬是一个经常首选的对策。我们会俭省珍贵的资源，我们会珍爱不可重复的时光，我们会制造机会以期重享愉悦，我们会细水长流，反复咀嚼快乐。

106

于是，爱惜在不知不觉中发生了。

当我们爱惜的时候，保护的勇气和奋斗的果敢同时滋生。真爱，须用生命护卫。真爱，就会义无反顾。没有保护的爱惜，是一朵无蕊鲜花，可以艳丽，却断无果实。没有爱惜的保护，是粗鲁和威迫，是强权而不是心心相印。

爱惜常常发生，在我们不经意的时候打湿眼帘。

爱惜好比一只竹篮。随着人类的进步，它越编越大，盛着人自身，盛着绿色，盛着地球上所有的物种，盛着天空和海洋。

# 淑女书女

假若刨去经济的因素，比如想读书但无钱读书的女子，天下的女人，可分成读书和不读书两大流派。

我说的读书，并不单单指曾经上过小学中学大学硕士博士，读过一本本的教材。严格地讲，教材不是书。好像司机的学驾驶和行车、厨师的红白案和刀功一样，是谋生的预备阶段，含有被迫操练的意味。

我说的读书，基本上也不包括报纸和杂志，虽然它们上头都印有字，按照国人"敬惜字纸"的传统，混进了书的大范畴，那些印刷品上，多是一些速朽的信息，有着时尚和流行的诀窍。居家过日子的实用性是有的，但和书的真谛，还有些差异。

好书是沉淀岁月冲刷的砂金，很重，不耀眼，却有保存的价值。它是地球上曾经生活过的那些智慧的大脑，在永远逝去之前自立下的思维照片。最精华的念头，被文字浓缩了，好像一锅灼热久远的煲汤，濡养着后人的神经。

书对于女人的效力，不像睡眠。睡眠好的女人，容光焕发。失眠的女人，眼圈乌青。读书的女人和不读书的女人，在一天之内是看不出来的。

书对于女人的效力，也不像美容食品。滋润得好的女人，驻颜有术。失养的女人，憔悴不堪。读书的女人和不读书的女人，在三个月之内，也是看不出来的。

日子是一天天地走，书要一页页地读。清风朗月水滴石穿，一年几年一辈子地读下去。书就像微波，从内向外震荡着我们的心，徐徐地加热，精神分子的结构就改变了，成熟了，书的效力凸显出来。

读书的女人，更善于倾听，因为书训练了她们的耳朵，教会了她们谦逊。知道这世上多聪慧明达的贤人，吸收就是成长。

读书的女人，更乐于思考。因为书开阔了她们的眼界，拓展了原本纤细的胸怀。明白世态如币，有正面也有反面。一厢情愿只是幻想。

读书的女人，更勇于决断。因为书铺排了历史的进程，荟萃了英雄的业绩。懂得万事有得必有失，不再优柔寡断贻误战机。

读书的女人，更充满自信。因为书让她们明辨自己的长短，既不自大，也不自卑。既然伟人们也曾失意彷徨，我们尽可以跌倒了再爬起来，抖落尘灰向前。

读书的女人，较少持续地沉沦悲苦，因为晓得天外有天乾坤很大。读书的女人，较少无望地孤独惆怅，因为书是她们召之即来永远不倦的朋友。读书的女人，较少怨天尤人孤芳自赏，因为书让你牢记个体只是恒河沙粒沧海一粟。读书的女人，较少刻毒与卑劣，因为书中的光明，日积月累浸染着节操鞭挞着皮袍下的"小"……

"淑"字，温和善良美好之意。好书对于女人，是家乡的一方绿色水土。离了它，你自然也能活。但与书隔绝的日子，心无家园，半生过下来，女人就变得言语空虚眼神恍惚心地狭窄见识短浅了。

淑女必书女。

# 我所喜爱的女性

我喜欢爱花的女性。花是我们日常能随手得到的最美好的景色。从昂贵的玫瑰到卑微的野菊。花不论出处，朵不分大小，只要生机勃勃地开放着，就是令人心怡的美丽。不喜欢花的女性，她的心多半已化为寸草不生的黑戈壁。

我喜欢眼神乐于直视他人的女人。她会眼帘低垂余光袅袅，也会怒目相向入木三分，更多的时间她是平和安静甚至是悠然地注视着面前的一切，犹如笼罩风云的星空。看人躲躲闪闪目光如蚂蚱般跳动的女性，我总疑她受过太多的侵害。这或许不是她的错，但她已丢了安然向人的能力。

我喜欢到了时候就恋爱到了时候就生子的女人，恰似一株按照节气拔苗分蘖结粒的麦子。我能理解一切的晚恋晚育和独身，可我总顽固认为逆时辰而动，需储存偌大的勇气，才能上路。如果是平凡的女子，还是珍爱上苍赋予的天然节律，徐步向前。

我喜欢会做饭的女人，这是从远古传下来的手艺。博物馆描述猿人生活的图画，都绘着腰间绑着兽皮的女人，低垂着乳房，拨弄篝火，准备食物。可见烹饪对于女子，先于时装和一切其他行业。汤不一定鲜美，却要热。饼不一定酥软，却要圆。无论从爱自己还是爱他人的角度想，"食"都是一件大事。一个不爱做饭的女人，像风干的葡萄干，可能更甜，却失了珠圆玉润的本相。

我喜欢爱读书的女人。书不是胭脂，却会使女人心颜常驻。书不是棍棒，却会使女人铿锵有力。书不是羽毛，却会使女人飞翔。

书不是万能的，却会使女人千变万化。不读书的女人，无论她怎样冰雪聪明，只有一世才情，可书中收藏着百代精华。

我喜欢深存感恩之心又独自远行的女人。知道谢父母，却不盲从。知道谢大地，却不畏惧。知道谢自己，却不自恋。知道谢朋友，却不依赖。知道谢每一粒种子每一缕清风，也知道要早起播种和御风而行。

心 灵 絮 语

# 造 心

　　蜜蜂会造蜂巢。蚂蚁会造蚁穴。人会造房屋、机器，造美丽的艺术品和动听的歌。但是，对于我们最重要最宝贵的东西——自己的心，谁是它的建造者？

　　孔雀绚丽的羽毛，是大自然物竞天择造出的。白杨笔直刺向碧宇，是密集的群体和高远的阳光造出的。清香的花草和缤纷的落英，是植物吸引异性繁衍后代的本能造出的。卓尔不群坚韧顽强的性格，是禀赋的优异和生活的历练造出的。

　　我们的心，是长久地不知不觉地以自己的双手，塑造而成的。

　　造心先得有材料。有的心是用钢铁造的，沉黑无比。有的心是用冰雪造的，高洁酷寒。有的心是用丝绸造的，柔滑飘逸。有的心是用玻璃造的，晶莹脆薄。有的心是用竹子造的，锋利多刺。有的心是用木头造的，安稳麻木。有的心是用红土造的，粗糙朴素。有的心是用黄连造的，苦楚不堪。有的心是用垃圾造的，面目可憎。有的心是用谎言造的，百孔千疮。有的心是用尸骸造的，腐恶熏天。有的心是用眼镜蛇唾液造的，剧毒凶残。造心要有手艺。一只灵巧的心，缝制得如同金丝荷包。一罐古朴的心，厚厚的好似百年老酒。一枚机敏的心，感应快捷电光石火。一颗潦草的心，门可罗雀疏可走马。一摊胡乱堆就的心，乏善可陈杂乱无章。一片编织荆棘的心，暗设机关处处陷阱。一道半是细腻半是马虎的心，好似白蚁蛀咬的断堤。一朵绣花枕头内里虚空的心，是假冒伪劣心界的水货。

　　造心需要时间。少则一分一秒，多则一世一生。片刻而成的大智大勇之心，未必就不玲珑。久拖不绝的谨小慎微之心，未必就很精致。有的人，小小年纪，就竣工一颗完整坚实之心。有的人，须发皆白，还在心的地基挖土打桩。有的人，半途而废不了了之，把半成品的心扔在荒野。有的人，成百里半九十，丢下不曾结尾的工程。有的人，精雕细刻一辈子，临终还在打磨心的剔透。有的人，粗制滥造一辈子，人未远行，心已灶冷坑灰。

心的边疆，可以造得很大很大。像延展性最好的金箔，铺设整个宇宙，把日月包含。没有一片乌云，可以覆盖心灵辽阔的疆域。没有哪次地震火山，可以彻底颠覆心灵的宏伟建筑。没有任何风暴，可以冻结心灵深处喷涌的温泉。没有某种天灾人祸，可以在秋天，让心的田野颗粒无收。

心的规模，也可能缩得很小很小，只能容纳一个家，一个人，一粒芝麻，一滴病毒。一丝雨，就把它淹没了。一缕风，就把它粉碎了。一句谎言，就让它痛不欲生。一个阴谋，就置它万劫不复。

心可以很硬，超过人世间已知的任何一款金属。心可以很软，如泣如诉如绢如帛。心可以很韧，千百次的折损委屈，依旧平整如初。心可以很脆，一个不小心，顿时香消玉碎。

造心的时候，可以有很多讲究和设计。

比如预埋下一处心灵的生长点，像一株植物，具有自动修复、自我养护的神奇功能。心受了创伤，它会挺身而出，引导心的休养生息，在最短的时间内，使心整旧如新。

比如高高竖起心灵的避雷针，以便在危急时刻，将毁灭性的灾难导入地下，耐心等待雨过天晴。

比如添加防震防爆的性能，在心灵遭受短时间高强度的残酷打击下，举重若轻，镇定地维持蓬勃稳定。比如……

优等的心，不必华丽，但必须坚固。因为人生有太多的压榨和当头一击，会与独行的心灵，在暗夜狭路相逢。如果没有精心的特别设计，简陋的心，很易横遭伤害一蹶不振，也许从此破罐破摔，再无生机。没有自我康复本领的心灵，是不设防的大门。一汪小伤，便漏尽全身膏血。一星火药，便烧毁绵延的城堡。

心为血之海，那里汇聚着每个人的品格智慧精力情操，心的质量就是人的质量。有一颗仁慈之心，会爱世界爱人爱生活，爱自身也爱大家。有一颗自强之心，会勤学苦练百折不挠，宠辱不惊大智若愚。有一颗尊严之心，会珍惜自然善待万物。有一颗流量充沛羽翼丰满的心，会乘上幻想的航天飞机，抚摸月亮的肩膀。

造心是一项艰难漫长的工程，工期也许耗时一生。通常是母亲的手，在最初心灵的模型上，留下永不消褪的指纹。所以普天下为人父母者，要珍视这一份特别庄重的义务与责任。

当以我手塑我心的时候，一定要找好样板，郑重设计，万不可草率行事。造心当然免不了失败，也很可能会推倒重来。不必气馁，但也不可过于大意。因为心灵的本质，是一种缓慢而精细的物体，太多的揉搓，会破坏它的灵性与感动。

造好的心，如同造好的船。当它下水远航时，蓝天在头上飘荡，海鸥在前面飞翔，那是一个神圣的时刻。会有台风，会有巨涛。但一颗美好的心，即使巨轮沉没，它的颗粒也会在海浪中，无畏而快乐地燃烧。

# 心"是"

当我们预备讨论心事的时候，可能先要把"心"——到底"是"个什么东西想一想。记得我小时候第一次学到"心"这个字的时候，老师说，"心"是一把铁勺子，正在炒几颗豆。豆子会蹦啊，最后两颗豆子掉在了"心"外，只有一颗幸运豆留在了勺里。

我至今感谢这位老师，把个"心"字说得这般诱人，不单使当初蒙昧的我，一下子就学会了写这个字，终生不曾忘记和写错它，而且常常忆起铁勺这个有趣的意象。

铁勺的容量是有限的，即使寺庙饥年施粥的善举中，铁锅霸气十足气势磅礴，勺子却依然普通，循规蹈矩地蜷缩着，状若一拳（勺子若大了，粥就不够喝了）。人们常常举一句文豪的名言，说人的心比海洋比天空还要博大，窃以为是指宏伟幽深的冥想时刻，并非随时随地的状态。在万千纷常的日子里，人心就是一把锈迹斑斑的铁勺。

因为有锈，所以要常常擦拭。我们的心会被各式各样含酸带碱的风雨浸淫，会被蛀出缝隙和生长阴霾。天气晴朗时，在阳光下晒晒心情，锈就会悄然遁去。美丽的大自然和相知的朋友，就是紫外线了。

每个人只有一把铁勺，每个人一生却要遭遇到很多豆子。勺子承载的分量是有限的，不可以在勺子里灌注太多的水。哪怕水是掺了蜜糖的，也要有节制。中医有句箴言，叫作"大喜伤心"，说的就是过量的伤害。为了尊重这把勺子，我们要仔细地甄别放入勺子里的物件的数量。空无一物的勺子令人伤感，不堪重负被挤爆了的勺子也是悲剧。

然而再精明的甄选，也还是有一些我们不喜欢的豆子进入勺子。那可怎么办呢？有一个好法子，就是——炒。

炒我们的心事，把它们加热，把它们晾晒，在这个过程中，翻来覆去的斟酌，你是保存勺子还是姑息豆子？为了勺子的安宁，你要立决。思考不但指时间和力量，同时标志着抽刀断水的杀伐。结果就是只留下那些最重要的豆子，而把其他的豆子扬出我们的视线。

这个程序想来是快乐的，其实却充满了艰难和痛苦，每一颗豆子都不是无缘无故进入铁勺的，它们必和情感与理智有着千丝万缕的枝蔓。甚至那些我们十分嫌恶的瘪豆子，被虫蛀过的病豆子，也在长久的摩挲和掂量中，融入了我们的体温，产生了割舍不下的惯性和依恋。然而，还是要"放下"，此刻需要的不仅是聪明，还有一往无前的勇敢了。

把废豆子驱逐出铁勺，心就宽敞了，铁勺恢复了洁净与轻盈。新的豆子仿佛新的客人，姗姗来临。对于你的心事，你可不要忘了甄选和款待。

# 挖掘心灵第一图

一位睿智老人说，在每个人心灵深处，都珍藏着一幅对这个世界最初的印象。它储存在脑海的褶皱中，平时被繁杂的信息遮挡着，好像昏睡的幽灵，不理晨昏。但它是无往不在的，笼罩着我们，统领着每个人对世界的基本视点。好像一纸符咒，规定了我们探询世界的角度。

这话挺玄秘的，有点巫术的味道。我不服，挑战地问，可以当场试试吗？

老人很谦和地一笑，说，一家之言。你可以信，也可以不信。

我说，我恰好知道一个人的心底图像。您若说中了，我就信。

老人淡然回答，行啊。

我说，这个人啊，脑海里留下的最朦胧也就是最原始的印象是——一片无边的荒漠，尘沙漫天，苍黄渺茫。但他周围的小环境不错，好像是一个温暖的怀抱，有袅袅的香气回绕……

说完，我定定看着老人，且听他如何分解。

老人缓缓说，他的精神世界对立而单纯，沉重而简明。对世界本质的认识充满疑惧，觉得人力无法胜天。宇宙不可知。人是孤独渺小的生物，基调混沌而迷茫。但他还会快乐而努力地活着，时时感受到温情和带着暖意的希望，寻找一个光亮安静芬芳的所在……说完后，老人问我，他是这样一个人吗？

我抑制住自己的大惊异，说，对与不对，以后我再告诉您。现在，我最想知道的，就是您这种分析的基本方法。能教我一些吗？

老人说，少许心得，不值多说。有点占卜的意味，但并不是街头的摆摊算卦。首先，你让被试者静静地躺下，拼命想早先的事。意识好比柳絮，能飞多远飞多远。回忆的触角竭力向脑海深处钻，最后变得似睡非睡似醒非醒，一片混沌最好。让人由眼前的明明白白，泡入米汤样的童年。到了再也沉不下去的时候，他的心里就会猛地浮出一幅画。让他把这幅画讲给你听，然后……

老人一一道来，我全身心紧急动员，照单接收。老人说，喏，基本思路就这些。剩下的事，看你的悟性了。

我说，您可要传帮带啊。

其后的一段时间，我像个居心叵测的探子，不断启发诱导各色人等，把他们脑海中留下的生命原初印象，挖掘出来，一一告我，由我再转达老人。老人娓娓道出其中蕴含的深意，好似隔山买牛。至于那人真实生活中的脾气品行，老人完全不感兴趣，也绝不想知道。在他的眼里，每个人的图谱，就是性格之书打开的目录，他不过是读出来而已。

开头不顺利。第一位男人所谈，简陋得像撕下的小人书碎片。

那幅图像吗？好像是一个黑夜，不知是灯灭了，还是眼睛得了病，总之黑暗包绕……完了，就这些。他干巴巴地舔舔嘴唇说。

他那时黑暗，我此时也黑暗。到处像泼了墨汁，如何分析？只好拼命启发他再想深入些。搜肠刮肚半晌，他补充如下：我摸着黑，仿佛找到一碗粥，就把它喝下去了。我妈妈走过来，眼泪洒在我脸上。很凉……喔，就这些，再也没有了。他坚决地结束了回忆。

真是老虎吃天啊。我沮丧地请教老人，老人说，唔，足够了。他是个悲观主义者，一生都在寻找。他对自己终极寻找的东西，究竟是什么，本人也闹不清楚。在这寻找的途中，他会得到温暖和利益的回报，他会很珍视亲情。但这些并不能缓解他寻找的焦虑，冲淡他与生俱来的悲哀，稀释充满他周围的茫茫黑色。

我频频点头。最终也没有告诉老人，那是一位苦苦求索的哲学家的心底图像。反正老人并不需要他人的验证。

一个矮小的年轻人不好意思地说，我的第一图像，似乎没什么好说的，支离破碎。那是我和我弟弟在抢被窝。你知道，我小的时候，家里很穷，打通腿，就是两人合盖一个被筒。谁都想把自己盖得暖和些，就拼命把被子朝自己身上裹……就这些，整夜抢啊抢的。穷人家的被子，小，遮了这头捂不了那头。我比弟弟个大，总是占上风的时候多些。这就是全部了。

老人分析：这个年轻人竞争性很强，在他的眼里，弱肉强食是生存的基本状态。他信奉实力决定一切。因此他会不遗余力地为自己争夺尽可能多的物质利益和生存空间。但他一般不会害人，不会使用特别凶残的手段。在他的内心里，还残存着普天之下皆兄弟的道义。

实际情况：那年轻人个子不高，说苛刻点几乎要算其貌不扬了，加上家境贫寒，按照常理，该是比较自卑的。但他不，一点都不。整天意气风发精神抖擞的，上大学，考研究生，什么都不落空。每当竞争的时候，他总是毫不退却，奋勇向前。计谋算不上很光明正大，但手段也并不太卑劣，懂得趋利避害，适可而止。也许是天助加上人和，他的运气一直不错。

一位依旧美丽的中年女企业家告诉我，世界在她眼里，是盘根错节的森林，热带雨林，遮天蔽日的。她在摸索着走，有时是爬，到处都是陷阱和叫不出名字的昆虫，很华丽也很狰狞……下着雨，很冷，有大毛虫发育成的极冷艳的蝴蝶在脖子后面盘旋……

我对这幅图像的真实性，抱有深刻怀疑。她祖籍北方，从未踏到北回归线以南。再说一个幼小婴孩，想象得出热带雨林的具体模样吗？还有，毛虫和蝴蝶，这样复杂重叠的象征物，也是孩童鞭长莫及的。她的叙述，更像一场成人梦境，一个幻觉。但女企业家谈话时的郑重神态，使我无法贸然认定她在说谎。

老人听完我的转述与疑问，首先说，这是真实的。心灵的真实，不仅仅是亲眼所见，更多的时候，是一种浓缩升华后的感受。哪怕你说图像尽头，是一幅外星球人联欢的图画，我也确信无疑。人的感受有一种特质——无比忠诚。出于种种的利害关系，它可以欺骗别人，但它为自己保留下的图谱，却不会是赝品。这位女性对世界的看法，是荒诞奇诡而又不乏夺人心魄的诱惑与美丽，她应该擅长打拼，奋斗出了很好的成就。她好强，勇于挑战。但在不断的挣扎寻觅中，又感到巨大的孤独与人世的险恶。她臆造了一片热带雨林……

我无话可说。老人就像与那女人相识了一百年，用电脑扫描了她的整个人生，留下一纸谶语。

随着积累人们心底第一幅图像数量的增多，我渐渐发觉探索源头的奥秘，对每个人是一次心灵的剖析和飞跃。知道了自己眺望世界的基本视角，便有了揭示自身很多特点的钥匙。我们也许不能改变它，却可以因此变得更加理智和从容。

老人有一天对我说，你第一次对我描述的那个人，就是在沙漠中睁开眼睛看世界的人，是谁啊？你还没有告诉我。

我说，那个人就是我。我母亲抱着我，行进在从新疆到北京天地一色的途中。

# 人心的喜马拉雅

电影《不见不散》中，葛优说："这是喜马拉雅山脉，这是中国的青藏高原，这是尼泊尔，山脉的南坡缓缓地伸向印度洋。受印度洋暖湿气流的影响，尼泊尔王国气候湿润，四季如春，而山脉的北麓陡升，终年积雪，再加上深陷大陆的中部，远离太平洋，所以自然气候十分的恶劣。"

徐帆说："你这又扯哪去了？"

葛优说："如果我们把喜马拉雅山炸开一道五十公里的口子，世界屋脊还留着，把印度洋的暖风引到我们这里来。试想一想，那我们美丽的青藏高原从此摘掉落后的帽子不算，还得变出多少个鱼米之乡！"

人们把这段谈话，当作幽默。不过，当你在天空飞越，清晰地认识到喜马拉雅山这座屏障，将山的南麓和北麓分割成完全不同的世界时，炸开喜马拉雅山的念头就会蠢蠢欲动。

印度洋的暖湿气团生成后，在西南季风的吹动下，向北面推进时，高耸的喜马拉雅山成了极难逾越的天然屏障。急于北进的暖湿气团不甘心，四处游动，终于找到一个豁口，那就是——雅鲁藏布江大峡谷的尾口。暖湿气团蜂拥而入，可惜进入蜿蜒曲折的大峡谷后，逐渐失去它所向披靡的势头。水汽通道在顺手造就了藏东南的绿洲之后，后劲松懈，还没走到藏北就偃旗息鼓了。

如果真能炸出一个大口子，使得这条通道输送的水汽更多、更畅快，减少途中的损失，不是就有可能改变西藏的气候吗？更多的暖湿气流长驱直入，进入藏西北，青藏高原会变作江南。

科学家们模拟了有关实验，结果却是否定的。就算炸开 50 公里的口子，在最佳气候条件下，中国三江源地区，降水增加也只有 20%~25%。

退一万步讲，就算真的计划要炸喜马拉雅山，如何才能顺利完成这个任务呢？依靠炸药手榴弹地雷什么的常规技术，绝无可能。用原子弹吗？核武器目前还没有用于开山凿洞的记录。要知道，喜马拉雅山脉乃庞然大物坚不可摧，主峰珠穆朗玛一半在尼泊尔境内。哪怕是咱炸自己这一侧，也要得到尼泊尔，甚至更多国家的同意。核武器将严重破坏环境，邻国也不能答应啊。

如此说来，把喜马拉雅山炸个洞，改变雅鲁藏布江中下游干旱及沙漠化严重局面，实际上只是一个科学幻想。如果真把喜马拉雅山炸通了，破坏了原有的生态平衡，不知会发生怎样的变局，很可能是灾难。

自然界自有规律，人类不可妄动。


在尼泊尔，结识了一位精明强干的小伙子。到过中国，会说中文，爱笑爱思索。

我说："你觉得中国和尼泊尔有什么不同。"

他说："中国很大，尼泊尔很小。中国现在有了很大的发展，尼泊尔呢，还比较落后。"

我说："你说得很好。不过，咱们就不讲这些政治经济的情况，单说说感觉上有什么不同？"

他笑了，露出极为整齐和雪白的牙，说："是节奏啊。尼泊尔节奏很慢很慢，几千年我们就一直是这样的节奏，尼泊尔人都习惯了。中国的节奏现在很快，而且越来越快。我的朋友从中国来，说一下子不习惯尼泊尔这种慢节奏，但是几天过去，静静待下来，就觉得这种节奏很舒服，适合人的身体，还有大自然。您看，凡是自然的东西，都是缓慢的。太阳一点点升起，一点点落下。花一朵朵地开，一瓣瓣地落下。稻谷成熟。都慢得很啊。那些急骤发生的自然变化，多是灾难。比如火山喷发，比如飓风和暴雨，比如山崩地裂加上海啸……身体也是慢的。一个孩子要长大，是很慢的。一个人睡觉，也是很慢的，要很久很久，从日落到日出，人才能休息过来……"

"还有呢?"我问。

他认真地想了一下，说："是耐心啊。还有脾气啊。中国的人，现在情绪上都比较紧张，不耐烦。尼泊尔人基本上不发脾气，慢慢来，就算有很严重的事儿，也不着急。"

不知道再问什么。我也学尼泊尔人，只是微笑和无所事事地张望。自然界的喜马拉雅山是不能炸通的，但人心的喜马拉雅，可否有习习的和风持久地吹拂?

# 心灵的盛宴

喜欢"宴"这个字。不仅仅因为它代表丰盛的饭菜和酒水，更因了它的形状。

一"女"，日日坐在屋檐下，安然。

请严谨的学者们宽宥我愚蠢的说法。这不是学问，只是我的一厢情愿。

人是可以喜欢一些字，也可以不喜欢一些字。就像有人喜欢花，有人喜欢野兽。

通常我们说到"宴"，多指以酒饭款待宾客，但我说的这个心灵宴，却是自我独享。

心灵会储存很多东西。有精神分析派的科学家，甚至认为我们所经历过的所有事件，都会被心灵事无巨细地记录了下来，永久贮藏。记忆像个不厌其烦的拾荒者，将我们理智上抛弃的星星点点，都精心收藏起来。时不时翻拣，在潜意识中神出鬼没地影响着我们，有时会让我们变成一个连自己都陌生的人。

记忆五花八门，我觉得最简单的区分就是分为甜蜜和悲苦两大类。每个人都会有创伤，也会有幸福，它们组成了不同的库房，随时输出不同的内容，记忆就是孜孜不倦的厨娘，不由分说每日端给你一桌自制的宴席。

每个人都是由记忆组成的。我们日日咀嚼着心灵的食物，体味着其中的浓烈滋味。

很多人的心灵席，真是满桌皆苦啊。喝的是苦丁茶，主食是苦荞麦。菜肴是苦瓜、苦蒿、苦荬菜。最后再喝一碗黄连汤……谈起话来，三句话不离苦字。他们病态地嗜好回忆苦难，似乎苦难是一枚枚勋章。可惜他们从中升发出的不是化腐朽为神奇的力量，而是无穷的怨怼和凄惶。觉得自己是天下弃儿，命运如此不堪，先天孱弱，后天烦忧。他们的心灵餐桌陈腐不堪，黯淡乏味，毒汁四溅，让人避之唯恐不远。

曾经有个词，叫作"忆苦思甜"，我主张不要忆苦，而要忆甜。想念自己所经历过的所有美好时光，哺精神以佳肴，饲灵魂以甘泉，拒绝不洁和病毒，强身健体，益寿延年。睁大感恩和期待的眼眸，看世界和人性中的光明一面，让自己从心灵餐桌上，摆满多营养多清甜多能量多维生素的美好情愫。

也许有人会说，我就是个倒霉蛋，你让我如何找到可以补充和回味的营养素呢？

世界上所有的事情都是一分为二的，没有绝对的坏事。也没有绝对的好事，就看你从哪个角度去观察和感悟世界了。你是孤儿，但你可以从小培养独立自主发奋图强的精神。只要有了这种精神，我相信前途就有光明。殊不见多少父母双全的孩子，碌碌无为敷衍一生。你没有高大的身材，但你有机敏的头脑和乐于助人的善意，那么我坚信会有好运气在前面的拐角处等候你。你没有天使的面孔，但你有过人的美德，那么我相信你一生会找到属于自己的幸福。美貌并不等于幸福，无数红颜薄命的女子，都在用不幸的眼泪诠释这个朴素道理。

心灵的宴席是自己烹饪的，所有的食材都是自己准备的，所有的调料都是自己扑撒上去的。为自己做一桌美味的宴席吧，让我们的精神在这种独酌品尝中，得到新的能量，充满干劲地走曲折的道路，抵达光明的前方。

# 心是一只美丽的小箱子

小时候上学，很惊奇以"心"为偏旁的字，怎么那么多？比如："念、想、意、忘、慈、感、愁、恩、恶、慰、慧……"等等，哈！一个庞大的家族。

除了这些安然地卧在底下的"心"以外，还有更多迫不及待站着的"心"。这就是那些带"竖心"旁的字，比如："忆、怀、快、怕、怪、恼、恨、惭、悄、惯、惜……"等等。原谅我就此打住，因为再举下去，实在有卖弄学问和抄字典的嫌疑。

从这些例证，可以想见当年老祖宗造字的时候，是多么重视"心"的作用，横着用了一番还嫌不过瘾，又把它立起来，再用一遭。

其实，从医学解剖的观点来看，心虽然极其重要，但它的主要工作，是负责把血液输送到人的全身，好像一台水泵，干的是机械方面的活，并不主管思维。汉字里把那么多情绪和智慧的感受，都堆到它身上，有点张冠李戴。

真正统率我们思想的，是大脑。人脑是一个很奇妙的器官。比如学者用"脑海"来描述它，就很有意思。一个脑壳才有多大？假若把它比成一个陶罐，至多装上三四个大"可乐"瓶子的水，也就满满当当了，如果是儿童，容量更有限，没准刚倒光几个易拉罐，就沿着罐子四溢出水来了。可是，不管是成人还是小孩的大脑，人们都把它形容成一个"海"，一个能容纳百川波涛汹涌的大海。这是为什么？

大脑是我们情感和智慧的大本营，它主宰着我们的思维和决策。它能记住许多东西，也能忘了许多东西。记住什么忘却什么，并不完全听从意志的指挥。比方明天老师要检查背诵默写一篇课文，你反复念了好多遍，就是记不住。就算好不容易记住了，到了课堂上一紧张，得，又忘得差不多了。你就是急得面红耳赤抓耳挠腮，也毫无办法。若是几个月后再问你，那更是云山雾罩一塌糊涂。可有些当时只是无意间看到听到的事情，比如路旁老奶奶一句夸奖的话，秋天庭院里一片飘落的叶子，当时的印象很清淡，却不知被谁施了魔法，能像刀刻斧劈一般，永远留在我们记忆的年轮上。

　　我不知道科学家最近研究出了哪些关于记忆和遗忘的规则，反正以前是个谜。依我的大胆猜测，谜底其实也不太复杂。主管记住什么忘记什么的中枢，听从的是情感的指令。我们天生愿意保存那些美好、善良、友谊、勇敢的事件，不爱记着那些丑恶、虚伪、背叛、怯懦的片段。当然，这并不是说人应该篡改真相，文过饰非虚情假意瞎编一气，只是想说明我们的心，好像一只美丽的小箱子，容量有限。当它储存物品的时候，经过了严格的挑选，把那些引起我们忧愁和苦闷的往事，甩在了外面，保留的是亲情和友情。

　　我衷心希望每个人的小箱子里，都装满光明和友爱。

# 心境防割

　　旅游的时候认识了一对夫妻，职业是制作防割手套。我问，这手套坚硬到何种程度呢？他们笑而不答，说回到北京后你到我们那里参观一下就知道了。

　　第一眼晤见防割手套，平凡到令人垂头丧气。和普通车工钳工戴的白线手套没有任何区别，如果一定要找到不同，就是价钱要贵出很多。也许看出了我的不屑，男主人抽出一把寒光四射的匕首握在手中说，你戴上手套，然后，来夺我的刀。细端详，那刀尺把长，尖端像西班牙人的鞋子弯弯翘起，开了刃，血槽深深。我胆战心惊道，这刀可以杀死一头恐龙了，不敢。他又说，要么我戴上手套，请你来割我吧。我说，那干脆就滑到了犯罪边缘，本人奉公守法，恕我也不能从命。他无奈，只有亲自戴手套，自己来割自己了。

　　戴上防割手套的左手有些臃肿，右手执刀杀气腾腾。晶光闪烁长刀劈下的那一瞬，我骇得紧闭了眼睛。等到哆哆嗦嗦打开眼帘，以为看到的是皮开肉绽血花翻飞，不想雪白的左手套上，只有一道淡淡的痕。主人优雅地舒了几下掌，如同少妇的额头被抹上了速效去皱霜，痕迹很快就平复了。

　　大觉神奇，不由得一试。戴上手套，用刀锋在指掌上反复切割，先轻后狠。那真是一种奇妙的感受，你能感觉到薄刃的锋芒和杀伐的重量，然而它却如溪水掠过毫发无伤。主人告诉我，看似普通的棉纱里，捻进了 500 根高弹钢丝。临走的时候，主人送我一副防割手套，笑道，从此你可空手夺刃了。

感叹防割手套的神奇，不由得想到：倘加上十倍百倍之量，用千万根钢丝织就一件背心，披挂在身便心硬如铁了。再没有什么情感的剑戟能刺穿出血洞，再没有什么理智的矛斧能劈裂成沟壑。享有一颗风雨无摧刀枪不入的心，岂不万般惬意！

有一段时间，我出门书包里常带着防割手套，期望着碰上一个行凶的歹徒，冲出去见义勇为又保全须全尾。然世事虽纷杂运气却太平，梦想竟无法成真。坚固的防割手套渐渐蒙尘，如同骁勇的大将空白了少年头。终有一天，我在乡下干活的时候，想到委它以新任。花圃中月季正香艳，这是最渴望修剪的花卉。此花盛开之后如不从瓣下第三分叉处刈除，就会花渐小香渐远魅力大失。只是那些蔷薇的锐刺尽忠职守，如同美女的贴身保镖虎视眈眈。我手笨，每一回都被扎得十指痛痒。

连刀剑都能阻挡，还怕小小的荆棘吗？我戴上防割手套，所向披靡地抓起了月季花茎。顿时，双手像被蜂群包围，数不清的小刺同时扎入肌肤。慌乱摘下手套查看，七八处鲜血淋漓，实为我充任业余园丁以来损失最惨痛的一次。

原来，这特制手套能够防止长刀短剑的切割，却并不能阻止细小毛刺的楔入。钢丝绞结的缝隙是小针出入自由的高速公路。

那天，我贴着大约十张创可贴完成了剪枝工作，一边挥舞园艺剪一边想，悲哀啊，看来十万根钢丝也无法保证我们的心境不受损毁。更不消说，人是不能无时无刻都裹在钢丝里面的。那样我们将丧失对人间百态的灵敏触碰和对风花雪月赏心悦目的叹息。

你想葆有你对世界的好奇和快乐吗？你必须除去心的伪装，敞开你的心扉。心必将一生裸露着，狂风为她梳洗，暴雨为她沐浴。心没有蓑衣，也没有斗笠。心会受伤，心也会流血，这就是心的功能啊。

把心藏在钢铁中，且不说钢铁也是有缝隙的，就算心境防割，心也不能再活泼地游弋，那才是心最大的哀伤呢。关于这种悲惨的境况，古语中有一个恰如其分的词，叫作"心死"。

一个心理健康的人，心可以流血，自己就能撕下衣襟止血。心可以撕裂，自己能够飞针走线地缝合。他可以有累累的创伤，更会有创伤愈合之后如功勋章般的痕迹。

## 我很重要

当我说出"我很重要"这句话的时候，颈项后面掠过一阵战栗。我知道这是把自己的额头裸露在弓箭之下了，心灵极容易被别人的批判洞伤。

许多年来，没有人敢在光天化日之下表示自己"很重要"。我们从小受到的教育都是——"我不重要"。

作为一名普通士兵，与辉煌的胜利相比，我不重要。

作为一个单薄的个体，与浑厚的集体相比，我不重要。

作为一位奉献型的女性，与整个家庭相比，我不重要。

作为随处可见的人的一分子，与宝贵的物质相比，我不重要。

当我在国外的一份刊物上看到"一个人的价值胜于整个世界"的口号时，曾大惑不解。

我们——简明扼要地说，就是每一个单独的"我"——到底重要还是不重要？

我是由无数星辰日月草木山川的精华汇聚而成的。只要计算一下我们一生吃进去多少谷物，饮下了多少清水，才凝聚成一具美轮美奂的躯体，我们一定会为那数字的庞大而惊讶。平日里，我们尚要珍惜一粒米、一叶菜，难道可以对亿万粒菽粟亿万滴甘露滋养出的万物之灵，掉以丝毫的轻心吗？

当我在博物馆里看到北京猿人窄小的额和前凸的嘴时，我为人类原始时期的粗糙而黯然。他们精心打制出的石器，用今天的目光看来不过是极简单的玩具。如今很幼小的孩童，就能熟练地操纵语言，我们才意识到已经在进化之路上前进了多远。我们的头颅就是一部历史，无数祖先进步的痕迹储存于脑海深处。我们是一株亿万斯年苍老树干上最新萌发的绿叶，不单属于自身，更属于土地。人类的精神之火，是连绵不断的链条，作为精致的一环，我们否认了自身的重要，就是推卸了一种神圣的承诺。

回溯我们诞生的过程，两组生命基因的嵌合，更是充满了人所不能把握的偶然性。我们每一个个体，都是机遇的产物。

常常遥想，如果是另一个男人和另一个女人，就绝不会有今天的我……

即使是这一个男人和这一个女人，如果换了一个时辰相爱，也不会有此刻的我……

即使是这一个男人和这一个女人在这一个时辰，由于一片小小落叶或是清脆鸟啼的打搅，依然可能不会有如此的我……

一种令人怅然以致走入恐惧的想象，像雾霭一般不可避免地缓缓升起，模糊了我们的来路和去处，令人不得不断然打住思绪。

我们的生命，端坐于概率垒就的金字塔的顶端。面对大自然的鬼斧神工，我们还有权利和资格说我不重要吗？

对于我们的父母，我们永远是不可重复的孤本。无论他们有多少儿女，我们都是独特的一个。

假如我不存在了，他们就空留一份慈爱，在风中蛛丝般无法附丽地飘荡。

假如我生了病，他们的心就会皱缩成石块，无数次向上苍祈祷我的康复，甚至愿灾痛以 10 倍的烈度降临于他们自身，以换取我的平安。

我的每一滴成功，都如同经过放大镜，进入他们的瞳孔，摄入他们心底。

假如我们先他们而去，他们的白发会从日出垂到日暮，他们的泪水会使太平洋为之涨潮。

面对这无法承载的亲情，我们还敢说我不重要吗？

我们的记忆，同自己的伴侣紧密缠绕在一处，像两种混淆于一碟的颜色，已无法分开。你原先是黄，我原先是蓝，我们共同的颜色是绿，绿得生机勃勃，绿得苍翠欲滴。失去了妻子的男人，胸口就缺少了生死攸关的肋骨，心房裸露着，随着每一阵轻风滴血。失去了丈夫的女人，就是齐斩斩折断的琴弦，每一根都在雨夜长久地自鸣……

面对相濡以沫的同道，我们忍心说我不重要吗？

俯对我们的孩童，我们是至高至尊的唯一。我们是他们最初的宇宙，我们是深不可测的海洋。假如我们隐去，孩子就永失淳厚无双的血缘之爱，天倾东南，地陷西北，万劫不复。盘子破裂可以粘起，童年碎了，永不复原。伤口流血了，没有母亲的手为他包扎。面临抉择，没有父亲的智慧为他谋略……面对后代，我们有胆量说我不重要吗？

与朋友相处，多年的相知，使我们仅凭一个微蹙的眉尖，一次睫毛的抖动，就可以明了对方的心情。假如我不在了，就像计算机丢失了一份不曾复制的文件，他的记忆库里留下不可填补的黑洞。夜深人静时，手指在揿了几个电话键码后，骤然停住，那一串数字再也用不着默诵了。逢年过节时，她写下一沓沓的贺卡。轮到我的地址时，她闭上眼睛……许久之后，她将一张没有地址只有姓名的贺卡填好，在无人的风口将它焚化。

相交多年的密友，就如同沙漠中的古陶。摔碎一件就少一件，再也找不到一模一样的成品。面对这般友情，我们还好意思说我不重要吗？

我很重要。

我对于我的工作我的事业，是不可或缺的主宰。我的别出心裁的创意，像鸽群一般在天空翱翔，只有我才提得住它们的羽毛。我的设想像珍珠一般散落在海滩上，等待着我把它用金线串起。我的意志向前延伸，直到地平线消失的远方……

没有人能替代我，就像我不能替代别人。

我很重要。

我对自己小声说。我还不习惯嘹亮地宣布这一主张，我们在不重要中生活得太久了。

我很重要。

我重复了一遍，声音放大了一点。我听到自己的心脏在这种呼唤中猛烈地跳动。

我很重要。

我终于大声地对世界这样宣布。片刻之后，我听到山岳和江海传来回声。

是的，我很重要。我们每一个人都应该有勇气这样说。我们的地位可能很卑微，我们的身份可能很渺小，但这丝毫不意味着我们不重要。

重要并不是伟大的同义词，它是心灵对生命的允诺。

对于一株新生的树苗，每一片叶子都很重要。对于一名孕育中的胚胎，每一段染色体碎片都很重要。甚至驰骋寰宇的航天飞机，也可以因为一个油封橡皮圈的疏漏而凌空爆炸，你能说它不重要吗？

人们常常从成就事业的角度，断定我们是否重要。但我要说，只要我们在时刻努力着，为光明在奋斗着，我们就是无比重要地生活着。

让我们昂起头，对着我们这颗美丽的星球上无数的生灵，响亮地宣布——

我很重要。

# 切开忧郁的洋葱

忧郁是一只近在咫尺的洋葱，散发着独特而辛辣的味道，剥开它紧密粘粘的鳞片时，我们会泪流满面。

一位为联合国工作的朋友告诉我，她到过战火中的难民营，抱起一个小小的孩子。她紧紧地搂着这幼小的身躯，亲吻她枯燥的脸颊。朋友是一位博爱的母亲，很喜爱儿童，温暖的怀抱曾揽过无数孩子，但这一次，她大大地惊骇了。那个婴孩软得像被火烤过的葱管，萎弱而空虚。完全不知道贴近抚育她的人，没有任何欢喜的回应，只是被动地僵直地向后反张着肢体，好似一块就要从墙上脱落的白瓷砖。

朋友很着急，找来难民营的负责人，询问这孩子是不是有病或是饥寒交迫，为什么表现得如此冷漠？那负责人回答说，因为有联合国的经费救助，孩子的吃和穿都没有问题，也没有病。她是一个孤儿，父母双亡。孩子缺少的是爱，从小到大，从没有人抱过她。因她不知"抱"为何物，所以不会反应。

朋友谈起这段往事，感慨地说，不知这孩子长大之后，将如何走过人生？

不知道。没有人回答。寂静。但有一点可以预见，她的性格中必定藏有深深的忧郁。

我们都认识忧郁。每一个人，在一生的某个时刻，都曾和忧郁狭路相逢。

自然界的风花雪月，人生的悲欢离合，从宋玉的悲秋之赋到绿肥红瘦的喟叹，从游子的枯藤老树昏鸦到弱女的耿耿秋灯凄凉，忧郁如同一只老狗，忠实而疲倦地追着人们的脚后跟，挥之不去。随着现代社会的发达，忧郁更成了传染的通病。"忧郁症"已经如同感冒病毒一般，在都市悄悄蔓延流行。

忧郁像雾，难以形容。它是一种情感的陷落，是一种低潮的感觉状态。它的症状虽多，灰色是统一的韵调。冷漠，丧失兴趣，缺乏胃口，退缩，嗜睡，无法集中注意力，对自己不满，缺乏自信……不敢爱，不敢说，不敢愤怒，不敢决策……每一片落叶都敲碎心房，每一声鸟鸣都溅起泪滴，每一束眼光都蕴满孤独，每一朵脚步都狐疑不定……

一个女大学生给我写信，说她就要被无尽的忧郁淹没了。因为自己是杀人凶手，那个被杀的人就是她的妈妈。她说自己从三岁起双手就沾满了母亲的鲜血，因为在那一天，妈妈为了给她买一支过生日的糖葫芦，横穿马路，倒在车轮下……

"为此，我怎能不忧郁？忧郁必将伴我一生！"信的结尾处如此写着，每一个字，都被泪水洇得像风中摇曳的蓝菊。

说来这女孩子的忧郁，还属于忧郁中比较谈得清的那种，因为源于客观的、重要人物的失落而引起，在某种程度上，是我们不得不面对的痛苦反应。更有那说不清道不明的忧郁，树蚕一样噬咬着我们的心，并用重重叠叠的愁丝，将我们裹得筋骨蜷缩。

忧郁这种负面情感的源头，是个体对于失落的反应。由于丧失，所以我们忧郁。由于无法失而复得，所以我们忧郁。由于从此成为永诀，所以我们忧郁。由于生命的一去不返，所以我们忧郁。

从这种意义上讲，忧郁几乎是人类这种渺小的动物，面对宇宙苍穹时，与生俱来的恐惧，所以我们无法从根本上消除忧郁。我相信凡有人类生存的日子，我们就要和忧郁为朋，虽然我们不喜欢，但我们必须学会与忧郁共舞。

正因为这种本质上的忧郁，所以我们才要在有限的生存岁月中挑战忧郁，让我们自己生活得更自由，更欢愉，更勃勃生气。

失落引发忧郁。当我们分析忧郁的时候，首先面对的是失落。细细想来，失落似可分为不同性质的两大类。一是目前发生的真实与外在的失落，可以被我们确认并加以处理的。比如失去父母，失去朋友，失去恋人，失去工作，失去金钱，失去股票，失去名声，失去房产，失去自信……等等，惨虽惨矣，好歹失在明处，有目共睹。

二是源自自我发展的早期便被剥夺，或严重的失望经验，导致内在的深刻失落感觉。这话说起来很拗口，其实就是失在暗地，失得糊涂，失得迷惘，失在生命入口端的混沌处。你确切无疑地丢失了，却不知遗落在哪一地驿站？

这可怕的第二种失落，常常是潜意识的，表明在我们的儿童期，有着不同程度的缺憾和损失。因为我们未曾得到醇厚的爱，或因这爱的偏颇，使我们的内心发展受阻。因为幼小，我们无法辨析周围复杂的社会，导致丧失了对他人的信任，并在这失望中开始攻击自己。如同联合国那位朋友所抱起的女婴，她已不知人间有爱，她已不会回报爱与关切。在这种凄楚中长大的孩子，常常自我谴责与轻贱，认为自己不可爱，无价值，难以形成完整高尚的尊严感。

过度的被保护和溺爱，也是一种失落。这种孩子失落的是独立与思考，他们只有满足的经验，却丧失了被要求负责的勇气，丧失了学会接受考验和失败的能力，丧失了容纳失望的胸怀。一句话，他们在百般呵护下，残障了自我的成长性和控制力的发展。他们的脑海深处永远藏着一个软骨的啼哭的婴孩，因为愤怒自己的无力，并把这种无能感储入内心，因而导致无以名状的忧郁。

人的一生，必须忍受种种失落。就算你早年未曾失父失母失学失恋，就算你一帆风顺平步青云，你也必得遭遇青春逝去韶华不再的岁月流淌，你也必得纳入体力下降记忆衰退的健康轨道，你也必有红颜易老退休离职的那一天，你也必得遵循生老病死新陈代谢的

140

铁律。到了那一刻，你是否有足够的弹性，抵御忧郁？

还有一种更潜在的忧郁，是因为我们为自己立下了不可达到的高标准，产生了难以满足的沮丧感。这种源自认定自我罪恶的忧郁症状，是与外界无关的，全需我们自我省察，挣脱束缚。

忧郁的人往往是孤独的，因为他们的自卑与自怜。忧郁的人往往互相吸引，因为他们的气味相投。忧郁的人往往结为夫妻，多半不得善终，因为无法自救亦无力救人。忧郁的人往往易于崩溃，因为他们哀伤更因为他们羸弱绝望。

难民营的婴儿，不知你长大后，能否正视自己的童年？失却的不可复来，接受历史就是智慧。记忆中双手沾着血迹的女大学生，你把那串猩红的糖葫芦永远抛掉吧，你的每一道指纹都是洁白的，你无罪。母亲在天国向你微笑。

不要嘲笑忧郁，忧郁是一种面对失落的正常。不要否认我们的忧郁，忧郁会使我们成长。不要长久地被忧郁围困，忧郁会使我们萎缩。不要被忧郁吓倒，摆脱了忧郁的我们，会更加柔韧刚强。

# 看着别人的眼睛

很小的时候，如果我有了过失，说了谎话，又不愿承认的时候，妈妈就会说：看着我的眼睛。如果我襟怀坦荡，我就敢看着她的眼睛，否则就只有羞愧地低头。

从此，我面对别人的时候，看着他的眼睛。

当我失败的时候，看着亲人的眼睛，我无地自容。但悲伤会使我的眼睛蒙满泪水，却不会使我闭上眼睛。看着批评我的目光，我会激起正视缺点的勇气与信念。我会仔细回顾我走过的路，看看自己是怎样跌倒的，今后避开同样的危险。

当我受到表扬的时候，我也快乐地注视着别人的眼睛。我不喜欢假装谦虚把睫毛深深地垂下，一个人回到僻静处悄悄地乐。我愿意把心中的喜悦像满桶的水一样溢出来，让我的朋友们分享。在我的亲人我的朋友的眼睛里，我读出他们的快活和对我更高的希冀。表扬不但没有使我忘乎所以，反倒更使我感到肩上的担子沉重。成功好比是一座小山，一个准备走很远的路的旅人，站得高了，才会看到目的地的灯火。他会加快自己的脚步。

当我面对陌生人的时候，我会格外注视他的眼睛。眼睛是心灵的窗户已经是被说腻了的古话，可我要说眼睛不仅仅是窗户，它是心灵的家。假如陌生人的目光坦诚而友好，我会向他伸出我的手。假如陌生人的目光犹疑而彷徨，我断定他是一个没有主见的人，不能成为朋友。假如陌生人的目光躲闪而阴暗，我会退避三舍，在心里敲起警钟。假如陌生人的目光孤苦无告，我愿意提供力所能及的帮助。

当我面对熟识的人的时候，我会观察他的眼睛有没有变化。岁月会改变一个人的眼光，就像油漆的家具会变色一样。但是有些老朋友的眼光是不会变的，像最清澈的水晶，晶莹一生。但他们的眼睛会随着思绪的喜怒哀乐变换颜色，作为朋友，我愿与他们分担。假如他们悲哀，我愿为他们宽心。假如他们喜悦，我愿与他们分享。假如他们焦虑，我愿出谋划策。假如他们忧郁，我愿陪着他们沿着静静的小河走很远很远。

当我独自一人面对镜子的时候，我严格地审视自己的眼睛。它是否还保持着童年人的纯真与善良？它是否还凝聚着少年人的敏锐与蓬勃？它在历尽沧桑以后，是否还向往人世间的真善美？面对今后岁月的风霜雨雪，它是否依旧满怀勇气与希望？

当我面对森林的时候，我注视着森林的眼睛。它就是树干上斑驳的年轮和随风摇曳的无数嫩叶。它们既苍老又年轻，流露出大自然无限的生机。

当我在月夜里面对星空的时候，我注视着宇宙的眼睛。那是苍穹无数的星辰。天是那样的幽蓝而辽阔，周围是那样的静寂而悠远。作为一个单独的人，我们是多么的渺小啊！但正是看似微不足道的人类，开始了征服宇宙的长征。在这个意义上，人类有时那样伟大而悲壮。每一个孤立的人，都像火星一样微弱，但集结起来，就可以给迷途的人指引方向，就可以在黑暗中放出光明。

我注视着滔滔的流水，浪花就是它的眼睛。生命在于运动，假如大海没有了波涛，就结束了它浩瀚博大的使命，大海就瞎了，成为死水一潭。再也不能负载舟楫远航，再也不能任海鸥翱翔，再也不能繁养无数的水族，再也不能驮着我们在海滩上嬉戏……

世界上所有的生灵都有它们的眼睛。就看你用不用心寻找，就看你有没有勇气和它对视。

当我刚刚开始学习注视别人的眼睛的时候，心中很有些不安。

我觉得自己是个小小的孩童，我怎么敢看着别人的眼睛？那不是太不尊敬人了吗？我对妈妈讲了我的顾虑，她笑了，说，那你明天试着看看老师的眼睛。

第二天，在课堂上，我开始注视着老师的眼睛。好怪啊，老师好像专门给我一个人讲课似的。我的思考紧紧地跟随老师的讲解，在知识的密林里寻觅。当讲到重要的地方，我看到老师的眼睛里冒出精彩的火花，我知道自己一定要记住它。当老师的眼光像湖水一样平静的时候，我知道这只需要一般掌握。当我在读老师眼睛的时候，老师也在读我的眼睛。假如我显现出迷惘与困惑，老师就会停顿他讲解的步伐，在原地连兜几个圈子，直到我的目光重又明亮如洗。假如我调皮地向他眨眨眼睛，他会突然把讲了一半的话咽进嘴里，他知道我已心领神会，可以继续向下讲了。

我这才知道，眼睛对眼睛，是可以说话的。它们进行无声的交流，在这种通行的世界语里，容不得谎言，用不着翻译。它们比嘴巴更真实地反映着一个人隐秘的内心世界。

随着年龄的增长，我明白了注视着别人的眼睛，是一种郑重，是一种尊敬，是一种信任，是一种坦诚。

当然了，这种注视不是死瞪瞪地盯着人家看，那样可真有点傻乎乎并且不文雅了。注视的目光应该是宁静而安然的，好像是我们在晴朗的天气，眺望远处的青山。

如果我听懂了他的话，我会轻轻地点头。如果我需要他详细解说，我会用目光传达出这种请求。

注视着别人的眼睛，也给自己提出了更高的要求。

当我注视着别人的眼睛说谢谢你的时候，我必须发自内心的真诚。

当我注视着别人的眼睛说对不起的时候，我必须传递由衷的歉意。

当我注视着别人的眼睛说我能把这件事做好，我一定要下一个必胜的信心。当我注视着别人的眼睛说请相信我，我觉得自己陡然间增长了才干和胆魄。医学家证明，人在说谎的时候，无论他多么历练老辣，他的眼睛都会泄露他的秘密。他的瞳孔会散大，他的视线会游移，眼睑也会不由自主地下垂。为了我们能够勇敢地注视别人的眼睛并不怕被别人所注视，让我们做一个襟怀坦荡心灵如水晶般的人。

# 让我们倾听

我读心理学博士方向课程的时候，书写作业，其中有一篇是研究"倾听"。刚开始我想，这还不容易啊，人有两耳，只要不是先天失聪，落草就能听见动静。夜半时分，人睡着了，眼睛闭着，耳轮没有开关，一有月落乌啼，人就猛然惊醒，想不倾听都做不到。再者，我做内科医生多年，每天都要无数次地听病人倾倒满腔苦水，鼓膜都起茧子了。所以，倾听对我应不是问题。

查了资料，认真思考，才知差距多多。在"倾听"这门功课上，许多人不及格。如果谈话的人没有我们的学识高，我们就会虚与委蛇地听。如果谈话的人冗长烦琐，我们就会不客气地打断叙述。如果谈话的人言不及义，我们就会明显地露出厌倦的神色。如果谈话的人缺少真知灼见，我们就会讽刺挖苦，令他难堪……凡此种种，我都无数次地表演过，至今一想起来，无地自容。

世上的人，天然就掌握了倾听艺术的人，可说凤毛麟角。

不信，咱们来做一个试验。

你找一个好朋友，对他或她说，我现在同你讲我的心里话，你却不要认真听。你可以东张西望，你可以搔首弄姿，你也可以听音乐梳头发干一切你忽然想到的小事，你也可以王顾左右而言他……总之，你什么都可以做，就是不必听我说。

当你的朋友决定配合你以后，这个游戏就可以开始了。你必须要拣一件撕肝裂胆的痛事来说，越动感情越好，切不可潦草敷衍。

好了，你说吧……

146

我猜你说不了多长时间，最多 3 分钟，就会鸣金收兵。无论如何你也说不下去了。面对着一个对你的疾苦你的忧愁无动于衷的家伙，你再无兴趣敞开襟怀。不但你缄口了，而且你感到沮丧和愤怒。你觉得这个朋友愧对你的信任，太不够朋友。你决定以后和他渐疏渐远，你甚至怀疑认识这个人是不是一个错误……

你会说，不认真听别人讲话，会有这样严重的后果吗？我可以很负责地告诉你，正是如此。有很多我们丧失的机遇，有若干阴差阳错的讯息，有不少失之交臂的朋友，甚至各奔东西的恋人，那绝缘的起因，都系我们不曾学会倾听。好了，这个令人不愉快的游戏我们就做到这里。下面，我们来做一个令人愉快的活动。

还是你和你的朋友。这一次，是你的朋友向你诉说刻骨铭心的往事。请你身体前倾，请你目光和煦。你屏息关注着他的眼神，你随着他的情感冲浪而起伏。如果他高兴，你也报以会心的微笑。如果他悲哀，你便陪伴着垂下眼帘。如果他落泪了，你温柔地递上纸巾。如果他久久地沉默，你也和他缄口走过……

非常简单。当他说完了，游戏就结束了。你可以问问他，在你这样倾听他的过程中，他感到了什么？

我猜，你的朋友会告诉你，你给了他尊重，给了他关爱。给他的孤独以抚慰，给他的无望以曙光。给他的快乐加倍，给他的哀伤减半。你是他最好的朋友之一，他会记得和你一道度过的难忘时光。

这就是倾听的魔力。

倾听的"倾"字，我原以为就是表示身体向前斜着，用肢体语言表示关爱与注重。翻查字典，其实不然，或者说仅仅作这样的理解是不够全面的。倾听，就是"用尽力量去听"。这里的"倾"字，类乎倾巢出动，类乎倾箱倒箧，类乎倾国倾城，类乎倾盆大雨……总之殚精竭虑毫无保留。

可能有点夸张和矫枉过正，但倾听的重要性我以为必须提到相当的高度来认识，这是一个人心理是否健康的重要标志之一。人活在世上，说和听是两件要务。说，主要是表达自己的思想情感和意识，每一个说话的人都希望别人能够听到自己的声音。听，就是接收他人描述内心想法，以达到沟通和交流的目的。听和说像是鲲鹏的两只翅膀，必须协调展开，才能直上九万里。

现代生活飞速地发展，人的一辈子，再不是蜷缩在一个小村或小镇，而是纵横驰骋漂洋过海。所接触的人，不再是几十一百人，很可能成千上万人。要在相对短暂的时间内，让别人听懂了你的话，让你听懂了别人的话，并且在两颗头脑之间产生碰撞，这就变成了心灵的艺术。

现今鼓励青年励志的书很多，教你怎样展现自我优点，怎样在第 时间给人一个好印象，怎样通过匪夷所思的面试，怎样追逐一见钟情的异性……都有不少绝招。有人就觉得人际交往是一个充满了技术的领域，可以靠掌握若干独门功夫就能翻云覆雨的领域。其实，享有好的人际关系，学会交流，听比说更重要。

从人的发展顺序来看，我们是先学着听。我之所以用了"学着"这个词，是指如果没有系统的学习，有的人可能终其一生，都没能学会如何"听"。他可以听到雪落的声音，可他感觉不到肃穆。他可以听到儿童的笑声，可他感受不到纯真。他可以听到旁人的哭泣，却体察不到他人的悲苦。他可以听到内心的呼唤，却不知怎样关爱灵魂。

从婴儿开始，我们就无意识地在听。听亲人的呼唤，听自然界的风雨，听远方的信息，听社会的约定俗成。这是一种模糊的天赋，是可以发扬光大也可以湮灭无闻的本能。有人练出了发达的听力，有人干脆闭目塞听。有很多描绘这种状态的词语，比如"充耳不闻""置若罔闻"……对"闻"还有歧视性的偏见，比如"百闻不如一见"。

听是需要学习的。它比"说"更重要。如果我们没有听到有关的信息，我们的"说"就是无的放矢。轻率的人，容易下车伊始就哇里哇啦地说，其实沉着安静地听，是人生的大境界。

只有认真地听，你才能对周围有更确切的感知，才能对历史有更深刻的把握，才能把他人的智慧集于己身，才能拓展自己的眼界和胸怀。

读书是一种更广义的倾听。你借助文字，倾听已逝哲人的教诲。你借助翻译，得知远方异族的灵慧。

倾听使人生丰富多彩，你将不再囿于一己的狭隘贝壳，潜入浩瀚的深海。倾听使人谦虚，知道山外有山天外有天。倾听使人安宁，你知道了孤独和苦难并非只莅临你的屋檐。倾听使人警醒，你知道此时此刻有多少大脑飞速运转，有多少巧手翻飞不息。

倾听是美丽的。你因此发现世界是如此五彩缤纷。倾听是幸福的一种表达，因为你从此不再孤单。

倾听是分层次的。某人在特定的时刻，讲了特定的话。只有当我们心静如水，才能听到他的话后之话。年轻人最易犯的毛病是——他明白所有倾听的要素，也懂得做出倾听的姿态，其实呢，他在想着自己待会儿要说的话。他关注的不是述说者，而是自己。"佯听"是很容易露馅的，只要他一开口讲话，神游天外的破绽就败露了。两个面对面述说的人，其实是最危险的敌人。一切都被心灵记录在案。

倾听是老老实实的活儿，来不得半点虚假和做作。倾听是对真诚直截了当的考验。所以，如果你不想倾听，那不是罪过。如果你伪装倾听，就不单是虚伪，而且是愚蠢了。

当我深刻地明白了倾听的本质而不是仅仅把它当成讨好的策略后，倾听就向我展示了它更加美丽的内涵，它无处不在，息息相关。如果你谦虚，以万物为师长，你会听到松涛海啸雪落冰融，你会听到蚂蚁的微笑和枫叶的叹息。如果你平等待人，你的耐心就有了坚实的基础，你可以从述说者那里获得宝贵的馈赠。这就是温暖的信任和支撑。

年轻的朋友们，让我们学会倾听吧。当你能够沉静地坐下来，目光清澄地注视着对方，抛弃自己的傲慢和虚荣，微微前倾你的身姿，那么你就能听到心与心碰撞的清脆音响，宛若风铃。

# 在纸上写下你的忧伤

把你不快乐的理由写在一张纸上，你会惊奇地发现，它们完全没有你想象的那样多，一般来说，它们是不会超过十条的。在这其中，把那些你不可能改变的理由划掉，比如你不是双眼皮或者你不是出身望族。然后认真地对付剩下的若干条，看看有哪些切实可行的方法可以将它们改变。

我常常用这个法子帮助自己，写在这里，供朋友们参考。

先准备一张纸，在纸上写下我纷乱的思绪。最好是分成一条条的，这样比较清晰和简明扼要。要知道，人在愁肠百结、眼花缭乱的时候，分辨力下降，容易出错。所以把复杂的问题简单化、条理化，用通俗点的说法，就是给问题梳个小辫子。实践证明，这是个好方法。

具体的操作步骤是这样的。假如你感到沮丧，就请你分门别类地把沮丧的理由写下来。假如你哀伤，就尝试着把哀伤的理由也提纲挈领地写下来。如果你也不知道因为什么，就是心烦意乱、百爪挠心、不知所措、诸事不顺的时候，也请你把所有可能导致如此糟糕心情的理由写下来。不要嫌麻烦，依此类推——当你愤怒的时候，当你寂寞的时候，当你无所适从的时候，当你自卑和百无聊赖的时候……都可以用这个法子试一试。

给你一个建议——找一张大一些的纸，起码要有 A4 纸那样大。如果你愿意用一张报纸一般大的纸，也未尝不可。反正我常常是这样开始的，引发我不适的感觉是如此强烈，深感没有一张大纸根本就写不下。数不清的理由像野兔般埋伏在烦恼的草丛里，等待着我去一一将它们抓出来。如果纸太小，哪里写得下？写到半路发觉空白地方不够了，再去找纸，多么晦气！

当然了，你要找一个安静的地方。你要独自一人。不要把这当成一个玩笑，精神的忧伤是值得认真对待的，我们要凝聚心力，有条不紊地打开创口。

我当过外科医生，每逢打开伤口的时候，我都要揪着一颗心，因为会看到脓血和腐肉，有的时候，还有森森白骨。但是，任何一个负责任的医生，都不会因为这种创面的血腥狼藉而用一层层的纱布掩盖伤口，那样只会养虎为患，使局面越来越糟。

打开精神的伤口也是需要勇气的。当你写下第一条的时候，你很可能会战战兢兢地下不了笔，这时候，你一定要鼓起勇气，不要退缩。就像锋利的柳叶刀把脓肿刺开，那一瞬，会有疼痛，但和让脓肿隐藏在肌肉深处兴风作浪相比，这种短痛并非不可忍受。

第一刀刺下去之后，你在迸出眼泪的同时，也会感到一点点轻松。因为，你把一个引而不发的暗疾揪到了光天化日之下。

乘胜追击，不要手软。请你用最快的速度再写下让你严重不安的第二条理由。这一次，稍稍容易了一些。不是吗？因为万事开头难啊！你已经开了一个好头，你已经把让你最难忍受的苦痛凝固在了这张洁白的纸上。这张纸，因了你的勇敢和苦痛，有了温度和分量。

第二条写完之后，请千万不要停歇下来，一定要再接再厉啊！这应该不是什么太难之事，因为让你寝食不安的事不会只是这样简单的一两件，你的悲怆之库应该还有众多的储备呢！也不要回头看，估摸自己已经写的那些东西是不是排名前后有调整的必要，只需埋头向前，一味写下。

写！继续！用不着掂量和思前想后，就这样写下去。等到了你再也写不出来的时候，咱们的"白纸疗法"第一阶段就先告一段落。

摆正那张纸，回头看一看。

我猜你一定有一个大惊奇。那些条款绝没有你想象的多！在一瞬间，你甚至有些不服气，心想造成我这样苦海无边、纷乱不止的原因，难道只有这些吗？不对，一定是什么地方出了差池，我想得还不够深不够细，概括得还不够周到，整理得还不够全面……

不要紧。不要急。你尽可以慢慢地想，不断地补充。你一定要穷尽让自己不开心的理由，不要遗漏一星半点。

好了，现在，你到了绞尽脑汁再也想不出新的愁苦之处的阶段了。那么，我们的"白纸疗法"第一阶段正式完成。

你可以细细端详这些让你苦恼的罪魁祸首。我猜你还是有些吃惊，它们比你预想的还要少得多。你以为你已万劫不复，其实，它们最多不会超过十条。

不信，我可以试着罗列一下。

1. 亲人逝去；

2. 工作变故；

3. 婚姻解体；

4. 人际关系恶劣；

5. 缺乏金钱；

6. 居无定所；

7. 疾病缠身；

8. 牢狱之灾；

9. 失学失恋；

10. ……

看到这里，你也许会说，这也太极端了吧？这些倒霉的事怎么能都集中到一个人身上呢？这种人在现实中的比例太低了！万分之一有没有啊？是的，我完全能理解你的讶然，但是，正如我们前面所说的，即使是这样的"头上长疮脚下流脓"的超级倒霉蛋，他的困境也并没有超过十条。

现在，"白纸疗法"进入第二个阶段。

把你的那些困境分分类，看看哪些是能够改变的，哪些是无能为力的。对于能够改变的，你要尽自己的努力来争取摆脱困境。对于那些不能改变的，就只能接受和顺应。

咱们还是拿那个天下第一倒霉蛋的清单来做个具体分析。

1. 亲人逝去；

2. 工作变故；

3. 婚姻解体；

4. 人际关系恶劣；

5. 缺乏金钱；

6. 居无定所；

7. 疾病缠身；

8. 牢狱之灾；

9. 失学失恋。

不能改变的：亲人逝去，婚姻解体，疾病缠身。

已经得到改变的：因为牢狱之灾，解决了居无定所。因为牢狱之灾，也就没有继续工作的可能性了，所以，第二条困境就不存在了。失学这件事，也只有等待出狱之后再做考虑。失恋这件事，虽然说并不是完全没有希望挽回，但因为恋爱毕竟是两个人的事情，假如在没有牢狱之灾的情况下，对方都已经和你分手，那么现在的局面更加复杂，和好的可能性也十分微弱，基本上可以把它放入你无能为力的筐子里面了。

可以做出的改变：

1. 在牢狱里，服从管理，争取减刑。

2. 积极治病，强身健体。

3. 学习知识和技能，争取出狱后能继续学业或是找到工作，积攒金钱，建立新的恋爱关系，找到房子，成立美满家庭。

通过剖析这张超级倒霉蛋的单子，我想你已经知道了该怎么做，我这里也就不啰唆了。毕竟每一片叶子都是不同的，每一个人遇到的具体困境和难处也都是不同的。我也就不打听你的隐私了。现在，让我们进入"白纸疗法"的第三个阶段。

第三个阶段非常简单，就是你给自己写一句话，可以是鼓励，也可以是描述自己的心境，也可以是把自己骂上一句。当然了，这可不是咬牙切齿的咒骂，而是激励之骂。

有的朋友可能还是不知道如何下笔，让我举几个例子。

有人写的是：那个悲伤的人已经走远，我从这一刻再生。

有人写的是：振作起来。不然，我都不认识你了！

还有人写的是：一切反动派都是纸老虎。

最有趣的是我曾看到一个年轻人写道：啊！我呸！

我问他，这个"我呸"，是什么意思？

他翻翻白眼说，你连这个都不懂？就是吐唾沫的意思。吐痰，这下你总明白了吧？

我笑笑说，还是不大明白。

他说，你怎么这么笨呢！像吐口水一样，把过去的霉气都吐出去，新的生活就开始了。我小的时候，每逢遇到公共厕所，氨水样的味道直熏眼睛，我妈就告诉我，快吐口水，就把吸进肚子里的臭气都散出去了……现在，我也要"呸"一下。

我明白了，这是一个仪式，和过去的沮丧告别，开始新的一天。其实也很有道理。在咱们的文化中，有一个词，叫作"唾弃"，说的就是完全的放弃。还有一个词叫作"拾人余唾"，就是把别人放弃的东西再捡回来，充满了贬义。因此，这个小伙子在一句"我呸"当中，蕴含了弃旧图新的决定。

155

# 抑郁的源头

　　每个人都是这样密切地与他人相关，所以当彼此的关系断裂时，才显出空旷无助的凄楚。断裂的原因，可能是误解、背叛、欺瞒、争吵、鄙视……死亡当然是最彻底的断裂了。生命是一根链条，其中一环断了怎么办？唯一的方法是把链条再接起来。这是需要花工夫动脑子的事情。

　　看过一个熟练的纱厂女工表演棉条的连接。棉条断了，每一根棉丝都断了，如同一根雪白的冰棒被截断。女工把需要吻合的两根棉条对接，展开，让每一根棉丝都找到连接的位置，然后轻轻地捻动，让它们在旋转中融为一体。接好了，抻拽一番，融合得天衣无缝。

　　这个过程形象地说明了建立新关系的步骤。找到新的位置，然后从容不迫地连接，新的关系就慢慢建立起来了。

　　世界上的事，简言之，都是关系使然。人的全部活动，就是三种无法逃避的关系。

　　第一重关系，是人和自然的关系。人类是自然之子。没有自然，就没有了人所依附的一切。大自然的伟力，在城市里的人，不大容易体会得到。你到空旷的山野和广袤的沙漠中，你置身于晴朗的夜空之下，你在雪山顶端和海洋中央之时，比较容易找到人类应该待着的位置。

　　第二重关系，是人和自我的关系。你离不开你自己。只要你活一天，你就和自己密不可分。就算是你的肉身寂灭了，你依然和自己的精神痕迹紧紧地贴附在一起，无法分离。

第三重关系，就是人和他人的关系。纵观世界上无数的悲欢离合、潮起潮落，无非就是在这重关系上的跌宕起伏。人是被称为"人群"的，人不是单独的个体，而是人以群分。

这三重关系，无论哪一重发生了断裂，都是噩耗。我们是相互连接的，没有哪一部分的震荡，其他部分可以幸免。所以，海明威说，不要问丧钟为谁而鸣，丧钟为你而鸣。

人永远不要割断自己同他人的联系，不要割断同祖国的联系，不要割断同祖先的联系，不要割断同亲人的联系，不要割断同工作的联系，不要割断同历史的联系，不要割断同文化的联系……正是这重重联系，像斜拉桥的绳索一样，托举着你成为你。

如果桥梁的绳索断了，谁都知道要在第一时间将它修复。但是，人的关联的绳索断了，一时半会儿好像看不出非常严重的后果。你还是你，可以按时上班，可以听音乐和下饭馆，可以聊天和静思。但是，且慢，时间长了，是一定要出岔子的。很多的抑郁症就是这样悄无声息地发生了。我曾经听过一位美国心理学家讲述治疗抑郁症的新疗法，他很决绝地说，世界上所有的抑郁症，都是在关系上出了问题。

真是这样的吗？

你可以不信，但可以好好想一想。

# 蚕是被自己的丝裹住的

蚕是被自己的丝裹住的，这是一个真理。每一个养过蚕的人和没有养过蚕的人，都知道这件事。蚕丝是一寸一寸吐出来的，在吐的时候，蚕昂着头，很快乐专注的样子。蚕并没有意识到，正是自己的努力劳动，才将自己的身体束缚得紧紧的。直到被人一股脑丢进开水锅里，煮死，然后那些美丽的丝，成了没有生命的嫁衣。

这是蚕的悲剧。当我们说到悲剧的时候，不由自主地持了一种观望的态度。也许，是"剧"这个词，将我们引入歧途。以为他人是演员，而我们只是包厢里遥远的安全的看客。其实，作茧自缚的情况，绝不如想象的那样罕见，它们广泛地存在于我们周围，空气中到处都飘荡着纷飞的乱丝。

钱的丝飞舞着。很多人在选择以钱为生命指标的时候，看到的是钱所带来的便利和荣耀的光环。钱是单纯的，但攫取钱的手段却不是那样单纯。把一样物作为自己奋斗的目标，它的危险，不在于这桩物品的本身，而在于你是怎样获取它并消费它。或许可以说，收入钱的能力还比较地容易掌握，支出它的能力则和人的综合素质有极大的关系。在这个意义上讲，有些人是不配享有大量的金钱的。如同一个头脑不健全的人，如果碰巧有了很大的蛮力，那么，无论是对于他本人还是对于他人，都不是一件幸事。在一个社会财富和个人财富飞速增长的时代，钱是温柔绚丽的，钱也是飘浮迷茫的，钱的乱丝令没有能力驾驭它的人窒息，直至被它绞杀。

爱的丝也如四月的柳絮一般飞舞着，迷乱着我们的眼，雪一般覆盖着视线。这句话严格说起来，是有语病的。真正的爱，不是诱惑，是温暖，只会使我们更勇敢和智慧，但的确有很多人被爱包围着，时有狂躁。那就是爱的没有节制了。没有节制的爱，如同没有节制的水和火一样，甚至包括氧气，同样是灾难性的。

水火无情，大家都是知道的。但是谈到氧气，那是一种多么好的东西啊。围棋高手下棋的时候，吸氧之后，妙招迭出，让人疑心气袋之中是否藏有古今棋谱？记得我学习医科的时候，教授讲过这样一个故事。一名新护士值班，看到衰竭的病人呼吸十分困难，用目光无声地哀求她——请把氧气瓶的流量开得大些。出于对病人的悲悯，加上新护士特有的胆大，当然，还有时值夜半，医生已然休息。几种情形叠加在一起，于是她想，对病人有好处的事，想来医生也该同意的，就在不曾请示医生的情况下，私自把氧气流量表拧大。气体通过湿化瓶，汩汩地流出，病人顿感舒服，眼中满是感激的神色，护士就放心地离开了。那夜，不巧来了其他的重病人。当护士忙完之后，捋着一头的汗水再一次巡视病房的时候，发现那位衰竭的病人，已然死亡。究其原因，关键的杀手竟是——氧气中毒。高浓度的氧气抑制了病人的呼吸中枢，让他在安然的享受中丧失了自主呼吸的能力，悄无声息地逝去了……

很可怕，是不是？丧失节制，就是如此恐怖的魔杖。它令优美变成狰狞，使怜爱演变为杀机。

谈到爱的缠裹带给我们的灾难，更是俯拾即是。放眼观察，会发现很多。多少人为爱所累，沉迷其中，深受其苦。在所有的蚕丝里面，我以为爱的丝，可能是最无形而又最柔韧的一种。挣脱它，也需要最高的能力和技巧。这当中的奥秘，需每一个人细细揣摩练习。

还有工作的丝，友情的丝，陋习的丝，嗜好的丝……或松或紧地包绕着我们，令我们在习惯的窠臼当中难以自拔。

逢到这种时候，我们常常表现得很无奈很无助，甚至还有一点点敝帚自珍的狡辩。常常可以听到有人说，我也知道自己的毛病，也不是不想改，可就是改不掉。我就是这样一个人了……当他说完这些话的时候，就好像对自己和对众人都有了一个交待，然后脸上就显出安坦无辜的样子，仿佛合上了牛皮纸封面的卷宗。

每当这种时候，我在悲哀的同时，也升起怒火。你明知你的茧，是你自己吐的丝凝成的，你挣扎在茧中，你想突围而出。你遇到了困难，这是一种必然。但你却为自己找了种种的借口，你向你的丝退却了。你一面吃力地咬断包围你的丝，一面更汹涌地吐出你的丝，你是一个作茧自缚的高手，你比推石头的西西弗斯还惨。他的石头只是滚下又滚下，起码并没有变得更大更沉重。你的丝却在这种突围和分泌的交替中，吸取了你的气力，蚕食了你的信心，它令你变得越来越不喜爱自己，退缩着，在茧中藏得更深更严密更闭锁更干瘪了。

我们每个人都有一些茧。这些茧背负在我们的身上，吸取着我们的热量，让我们寒冷，令前进的速度受限。撕碎这茧，没有外力和机械可供支援，只有靠自己的心和爪。

茧破裂的时候，是痛苦的。茧是我们亲手营造的小世界。茧的空间虽是狭窄的，也是相对安全的。甚至一些不良的嗜好，当我们沉浸其中的时候，感受到的也是习惯成自然的熟络。打破了茧的蚕，被鲜冷的空气，闪亮的阳光，新锐的声音，陌生的场景……刺激着，扰动着，紧张的挑战接踵而来。这种时刻的不安，极易诱发退缩。但它是正常和难以避免的，是有益和富于建设性的。你会在这种变化当中感受到生命充满爆发的张力，你知道你活着痛着并且成长着。

有很多人终身困顿在他们自己的茧里。这是他们自己的选择，当生命结束的时候，他们也许会恍然发觉，世界只是一个茧，而自己未曾真正地生活过。

# 孤独是一种兽性

孤独这两个字，从它的偏旁与字形，一眼望去就让人想起动物世界。看来我们聪明的祖先造字的时候，就已洞察它的真髓。

很低等的动物，多半是合群的。比如海洋里庞大的虾群，丛林中的白蚁，都是数目庞大的聚合体。随着物种渐渐进化，孤独才悄然而至。清高的老虎、高傲的鹰隼、狡猾的狐狸、威猛的狮子，你见过成群结伙浩浩荡荡组织起来的吗？

等进化到了人，事情才又复杂了。人类为了各种利益，重新集结在一起。比如上千万人的城市，至今还在膨胀之中，从事某一行业的人摩肩接踵地挤在一起，房屋盖得像毒蘑菇一般紧密，公共汽车拥挤成血肉长城……

在这种情况下，人回忆孤独、渴望孤独而不得，便沉浸于寻找与回味的痛苦。

孤独是一种源于兽的洁癖和勇敢。高雅的人在说到孤独时，以为那是人类的特殊情感，其实不过是返祖之一斑。

孤独是某个生命个体独立地面对大自然的交流。自然是永恒而沉默的，只有深入它的怀抱，在万籁寂静之时，你才能感觉到它轻如发丝的震颤。

寻共鸣易，寻孤独难。因为共同的利害，无数人紧紧拴在一起，利至则同喜，利失则同悲。比如股票市场，哪里有孤独插翅的缝隙？

高官厚禄、纸醉金迷、霓裳羽衣、巧笑倩兮……都需要有人崇拜，有人喝彩，有人钟情……假若孤独着，一切岂不似沙上建塔？

这些人也经常谈论孤独。但他们说出"孤独"这个字眼的时候，表达的不过是一种利益不够辉煌的愤懑，和洁净凉爽无欲无求的孤独感大不相干。

人是软弱的动物，因为恐惧才拥挤一处，以为借此可以抵挡从天而降的风雷。即使无法抵御，因为目睹同类也遭此厄运，私心里也可生出最后的快慰。

孤独是属于兽的一种珍贵属性，表达一种独往独来的自信与勇猛，在人满为患的地球上，它已经越来越稀少了。

也许有一天，人性终于消灭了兽性，孤独就像最后一只恐龙，也会销声匿迹。

# 灵魂飞翔的地方

从北京出发，坐一个星期火车再加半个月汽车后，我服兵役来到西藏阿里部队。在地图上找不到"阿里"这个具体地名，一个名叫"狮泉河"的小镇标记，代表了世界屋脊上这块三十五万平方公里的广袤雪域。

从京城优裕生活的学外语女孩，一下子坠落到祖国最边远的不毛之地当卫生员（当然从海拔的角度来说，绝对是上升了，阿里的平均高度超过五千米）。我的灵魂和肌体都受到了极大震动。也许是氧气太少，成天迷迷糊糊的，有时望着遥远的天际，面对无穷无尽的雪原和高山，心想，这世界上真有北京这样一个地方吗？以前的我，该不是一个奇怪的梦吧？

因为没有正规的医学教育，老医生就得言传身教地指导卫生员，好像一个老木匠带着一群小木匠。一天，老医生对我们说，想不想看看真正的恶性肿瘤是什么样？

我们那群女孩子，正是对世上一切事物好奇的年龄，忙说，想看。只是到哪儿去看呢？

老医生眺望远方，说，到最高的那座山上去。

原来是一位患肝癌的牧人在病房故去，家属对一直给他治病的老医生说，我们把亲人的身体，托付给金珠玛米（解放军）的门巴（医生）了，希望您能将他天葬。说完之后，活着的亲人们就赶着羊群迤逦而去。

我对老医生说，您会天葬吗？

那时正是"文革"期间，所有的天葬师都销声匿迹。老医生说，我尽力去做。

老医生找来担架，把尸体安放其上。来了一辆解放牌卡车，载着我们和担架，向人迹绝踪的山顶开去。我第一次与死人相距咫尺，充满恐惧。我昨天还给他化验过血，此刻他却无知无觉地躺在大厢板上，随着车轮的每一次颠簸，像一段朽木在白单子底下自由滚动。我尽量离他远一点，但车厢里只有那么大地方，我的脚紧紧地挨着他的腿，凝固的感觉自下而上蔓延，半截身体变得铁一般硬冷。

离山顶还很远，路已到尽头，汽车再无法向前。只有把担架抬下来，托举着它，向高高的山顶攀去。老医生自然身先士卒，但他一个人无法将尸体搬上山巅。他征询我的意见说，你是抬前架还是后架？我想了半天说，我……抬后面吧。倒不是我拈轻怕重，只是我已看出端倪，知道抬前架的人负有使命，需决定哪一座峰峦才是这白布下的灵魂最后的安歇之地。对于这种神圣的职责，我实在没有经验。

灵魂肯定是一种承受重量的物质，它离去了，人体反而滞重。我艰难地高擎担架，在攀登的路上竭力保持平衡。尸体冰凉的脚趾隔着被单颤动着，坚硬的指甲鸟喙一样点着我的面颊。我不敢有片刻大意，死死盯着老医生的步伐。他抬步我前进，他停脚我立定。生怕配合不默契，一个失手，死去的肝癌牧人，必得稳稳地滑坐在我肩头。

山好高啊，累得我几乎想和担架上躺着的人交换位置。我抑制着喉头血的腥甜说，秃鹫已经在天上绕圈子了，再不把死人放下，会把我们都当成祭品的。老医生沉着地说，只有到了最高的山上，才能让死者的灵魂飞翔。我们既然受人之托，切不可偷工减料。再坚持一下吧。

终于，到了伸手可触天之眉的地方。担架放下，老医生把白单子掀开，把牧羊人铺在山顶的砂石上，如一块门板样周正。他拿出手术刀剪，锋利的刀口流利地反射着阳光，在石峰上映出点点亮斑。他高高举起刀柄，簌然划下……牧人像容器一般被打开了，老医生像拎土豆一般把布满肿瘤的肝脏提出腹腔，仔细地用刀锋敲着肿物，倾听它核心处混沌的声响，一边惋惜地叹道，忘了把炊事班的秤拿来，这么大的癌块，罕见啊……

秃鹫在头顶愤怒地盘旋着，翅膀扇起阳光的温热。我望着牧人安然的面庞，心灵感到极大的震颤。他的耳垂上还留有我昨日为他化验血时打下的针眼，粘着我贴上去的棉丝。因为病的折磨，他瘦得像一张纸。尽管当时我把刺血针调到最轻薄的一档，还是几乎将耳朵打穿。他的凝血机制已彻底崩溃，稀薄的血液像红线一样无休无止地流淌……我使劲用棉球堵也无用，枕巾成了湿淋淋的红布。他看出我的无措，安宁地说，我身上红水很多，你尽管用小玻璃瓶灌去好了，我已用不到它……

面对苍凉旷远的高原，俯冲而下乜视的鹰眼，散乱山之巅的病态脏器和牧羊人颜面表层永恒的笑容，在那一瞬间，我领悟了什么叫作生命。

它是天地的精华，它是巨大的偶然。它是无限长链中闪烁的一环，它是造化轮回中奇异的组合。周围是无穷无尽的冰川雪岭，它们虽然恒远，却是了无生命的，只有人才是这冰雪世界最活跃的生灵。我们原本是从自然中来，我们必有一天要回到自然中去。在这个短暂的旅途之中，我们要千百倍地珍惜生命……

老医生谆谆指教我们每一脏器的部位，每一神经的走向，直到秃鹫不耐烦地要啄他的眼镜。我们这些年轻的女孩子，围着安卧着的牧羊人，惊心动魄地学习任何医学院都不曾开设过的课程。

讲完课以后，老医生让我们退到远处，他将牧羊人肢解得粉碎，精细地铺陈在砂地上，以便秃鹫将牧羊人的灵魂，快快驮上蓝天。

秃鹫乌云一般呼啸而下，又扶摇而上，隐没在苍穹尽头。我们肃穆地注视着，默默感受着一个生命的消失与升华。

# 苍茫之悟

很久以来，面对苍凉的荒漠，迷茫的雪原，无法逾越的高山，浩渺无垠的大海……心胸就被一种异样的激情壅塞。骨髓凝固得像钢灰色的轨道，敲之当当作响。血液打着旋涡呼啸而过，在耳畔留下强烈的回音。牙齿因为发自内心的轻微寒意，难以抑制地抖颤。眼睛因为注视遥远的地方，不知不觉中渗透泪水……

当我十六岁第一次踏上藏北高原雪域，这种在大城市从未感受到的体验，从天而降。它像兀鹰无与伦比的巨翅，攫取了我的意志，我被它君临一切的覆盖所震惊。

它同我以前在文明社会中所有的感受相隔膜，使我难以命名它的实质，更无法同别人交流我的感动。

心灵的盲区，语言的黑洞。

我在战栗中体验它博大深长的余韵时，突然感悟到——这就是苍茫。

宇宙苍茫，时间苍茫。风雨苍茫，命运苍茫。历史苍茫，未来苍茫。天地苍茫，生命苍茫。

人类从苍茫的远古水域走来，向苍茫的彼岸划动小舟。与生俱来的孤独感，永远尾随鲜活的生命，寰宇中孤掌难鸣，但不屈的精灵还是高昂起手臂，仿佛没有旗帜的旗杆指向苍穹……痛苦的人生，没有权利悲哀。

苍茫的人生，没有权利渺小。

远 行 风 景

# 旅行使我们谦虚

由于工作的关系，常常旅行。旅行比居家的时候辛苦，这是不消说的。中国有句古话——在家千日好，出门一时难，说的就是这份不易。但时间长了，待在家里，筋骨锈了，就会生出一份隐隐的焦灼，迫不及待地想到外面走走去。

是什么诱惑着我们放弃安宁和舒适，离开温暖的家，在某一个清晨或是深夜，毅然到遥远的他乡去了呢？

当然，很多时候，是为了谋生，为了无法推卸的责任和理由。但是，随着温饱的解决，我们越来越多自觉自愿地选择了——人在旅途。

一次，我应邀到国外访问。在规定的活动完结之后，主人很热情地让我挑选一个完全自由的项目，以便我可以更深入地了解这个国家。我想了想，提笔写下了：乘坐火车或是长途汽车，在大地上旅行。主人看了看那张纸说，好，我们很乐意满足您的要求。只是，您的目的地是哪里呢？您究竟要到哪里去呢？

我说，没有目的地，不到哪里去。坐着车在土地上行走，就是目的，就是一切了。

我固执地认为，要真正认识一个国家，一个民族，一块土地，一处山水，你必得独自漫游。

旅行使我们谦虚。奔驰的速度，变换的风景，奇异的遭遇，萍逢的客人……这一切旅途中可能发生的事件，强烈地超出了我们已知的范畴，以一种陌生和挑战的姿态，敦促我们警醒，唤起我们好奇。在我们被琐碎磨损的生命里，张扬起绿色的旗帜。在我们被刻板疲惫的生活中，注入新鲜的活力。

久久的蜗居，易使我们的视野狭小，胸怀仄斜，肌力减弱……这个时候，收拾好行囊，告辞了亲人，踏上旅途吧。

珍惜旅途吧。火车上那些不眠的夜晚，凭窗而立，看铁轨旁一盏盏路灯，闪着紫蓝色的光芒，瞬忽而逝，许多记忆幽灵般地复活了。

人们常常在旅途中，猛地想起湮灭许久的往事，忆起许多故人的音容笑貌。好像旅行是一种溶剂，融化了尘封的盖子，如烟的温情就升腾出来了。

人们常常在旅途中，向相识才几个小时的旅伴倾诉衷肠，彼此那样深刻地走入了对方的精神架构。我甚至知道几位青年，竟这样找到了自己的终身伴侣。

有人把这些解释为——旅途使人们亲近，是因为没有利害关系。我不同意这个观点。正是因为同乘一列车，同渡一条船，才使我们如此亲密。旅行使人性中温暖的那些因子，弥散开来。

旅途也有困厄和风雨。艰难和险恶。但是，这不会阻止真正的旅行者的脚步。旅行正是以一种充满未知的魅力，激起人们不倦的向往。

# 世界观与观世界

航行在大西洋上时，有一位日本女士找上门来，说很希望我能开设一个传授中文的自主企划。我说，好啊。本来以为自己天天说的就是中文，写的也是中文，教外国人说一些基础的中文，应该不是太大的问题。不过，真的着手准备起来，才发现事情并不简单。

首先，我们没有任何文字的资料可以发给学员们。

船上有教西班牙语的，有教韩语的，英语就更不用说了，天天高朋满座。他们都提前做了准备，不单有高级班、低级班的分类，还有各种层次的教材，相当正规。我是两手空空，这未免让未来的学生有点寒酸。也曾想过是不是编写点简易的教材，然后打印出来，聊胜于无。可船上所有纸张和印制都需收费，让学生们掏一笔不便宜的书费，好像也不相宜。

讨论起具体教什么课程的时候，大家也是七嘴八舌莫衷一是。有人说，当然是从"你好""再见"教起，这样以后船上充斥着中文打招呼的声音，满处乡音，岂不快意？有人立刻反驳说，凡是对中文感兴趣，并愿意在海上学习汉语的人，那就已不是一张白纸，早就会说"你好""再见"了，人家愿上提高班。

这样一说，我有点紧张，人家期望值还挺高。我说，要不要从汉语拼音教起呢？这样，喜好汉语的人，得到一个好拐棍，以后自学或是参加其他的课程，都会有所帮助。

大家说，好是好，就是太难了。要是有些一年级小学生的课本就好了。

我说，这样吧，到了纽约，咱们到中文书店看看，努力找找。

事情就这样放了下来。到了纽约之后，很遗憾，并没有找到注有汉语拼音的读物。更不巧的是，船坏了。船上流言纷起，大家也没心思学习了。待游轮在佛罗里达修好，再次讨论教学计划时，又有人说，既然没有像样的教材，那我们就别开生面，教大家来吟诵古诗吧。在日本，能用汉语吟诵古诗，被认为是一种有文化有品位的表现。有人憧憬着，想想吧，当游轮结束航行的时候，咱们的学员可以在台上抑扬顿挫地背诵李白的《静夜思》："床前明月光，疑是地上霜，举头望明月，低头思故乡。"窗外万顷波涛一弯明月，那是何等的诗情画意啊！

畅想自然是好的，不过要让一群没有多少中文基础的外国人，单单凭着注音，来背诵古诗，我觉得有点难。很多日本人闻之这一计划，也表示顾虑。事情就这样耽搁了下来。再后来，游轮进入了中南美，上岸的次数比较频密。上岸的前一天，大家开始心旌摇动，要重新踏上陆地了，总是非常兴奋。到了岸上，紧张的行程，精力体力消耗很大。等到回到了游轮上，又要经历一两天疲惫不堪的休整。刚刚缓过劲来，又快到了下一个靠港地，重又充满期盼……自主企划的事儿就拖了下来。

8月8日，中国成功地举行了奥运会，芦森很希望能办一个有关奥运的自主企划，把咱们美丽的祖国和奥运健儿的英姿，好好展现一下。我们从墨西哥下载了奥运开幕式的资料，开始向船上的自主企划部申请时间和地点。人家先是质疑这个开幕式能播放吗？

芦森很吃惊，说这是对全世界公开转播的节目，为什么不能播放呢？

企划部说，怕有版权之争。因为船上并没有购买这个转播权。

真是佩服日本人的版权意识。芦森说，在"和平号"上的播放，完全是免费的，是公益活动，应该没有问题吧。

企划部答应安排，又提出了第二个问题——开幕式整个过程有四个多小时，最多给中国人一个半小时的播放时间。

这就面临着痛苦的压缩过程。咱们看开幕式是哪儿都好，哪儿也舍不得压缩，但日方允诺的时间有限，坚决不肯延长。要想播出2008年中国北京奥运会的开幕式，只有忍痛割爱一部分场景，优中选优。再加上张艺谋在开幕式中有很多寓意深刻的场面，若不精心准备解说词，恐难以表达出深意。一时间，频繁地和国内通过海事卫星联络，多方搜集资料。翻译也付出了艰苦的努力。比如一个"击缶"的解释，如何能让外国人听得懂"缶"是什么意思？击缶象征着什么？在中国人也许一目了然的事儿，对外国人就得掰开了揉碎了说清楚。

经过反复斟酌和精心准备，终于把浩大而辉煌的开幕式压缩到了40分钟。这时候，游轮已经离开了阿拉斯加，开始横渡太平洋。自主企划的安排突然变得紧张起来，芦淼每天都去询问何时能轮到奥运会的放映安排？不料却总是定不下来。

怎么办呢？除了催促，没有别的法子。你也无法知道那些排在前面的自主企划，是不是早就登记了？现在是排排坐分果果，循序渐进，谁也不得改变既定顺序。有时后悔我们登记得是不是太晚了呢？如果早一点登记，是不是现在已经排到了呢？又一想，再早，咱们的奥运会还没开呢，能不能得到影像资料，也还没有把握，不敢贸然登记啊。

时间就这样一天天地拖了下来。每天都去催，却总是没有安排到我们。船一天天地靠近日本，直到"和平号"靠上了日本横滨的码头，也没有给中国人安排上有关奥运开幕式的自主企划。芦淼对此非常伤心，单是准备中国古代四大发明的资料，他就煞费苦心，精心设计了一套解说词，并和小唐密切配合，声情并茂地把整个解说词都背了下来。

我也无言。想了很久，对他说，这毕竟不是我们国家自己的船啊！这个世界上有些事，我们只能尽力而为。你已经做了所有的准备，对祖国问心无愧了。这就够了。

如果日后有谁还乘坐这种远洋游轮，如果游轮上还有自主企划一类的活动，我的建议是提前做好准备，积极参与。而且带上必要的工具和资料，这样会使你的自主企划锦上添花。不然，人出门在外，所有临时的动议，往往会面临预想不到的困难，就事倍功半了。一旦准备好了，马上提前预约，到时候一展风采，完成既定计划。

船上有一位中国企业家 Z 先生。记得在北欧海域航行的时候，有一天，我和他趴在甲板栏杆上看海。碧空如洗，海鸥像战斗机一样向我们俯冲过来，马上就要碰到我们鼻尖了，突然一个漂亮的转身，直插青天。Z 先生对我说，咱们国家还没有自己的远洋客轮。

我说，是啊。不过，我们已经能造出非常漂亮的远洋货轮了。

Z 先生说，你说世界观是从哪里来的呢？

我说，是从脑子来的吧。

Z 先生说，脑子是不能凭空产生观念的。依我看，世界观世界观，顾名思义，就要观了世界才能形成啊。

我说，Z 先生您说得好，要有世界观，先要观世界。

Z 先生说，咱们这次出海环球旅行，是中国大陆人的第一次。年轻人里，除了翻译小唐，就是你儿子了。咱们出来的人少，年轻人更少。你看人家日本，这么多年轻人出来观世界，这是多么好的事情啊。一个人这么年轻就能看世界，看了世界和没有看世界，眼光是不一样的。什么时候，咱中国也有了远洋客轮，也拉着咱们的青年人，来看看这个美丽的地球呢？

远眺大海，我们无言。

# 山河试卷

    某一次旅游，游客中有个中学生。我佩服他爹娘，有远识有金钱。在他如此幼小的时候，就带他四海周游，助他打开眼界，看不一样的风景，听远方的故事。当然，我并不是说只有到异国去，孩子才可能有更多的见识。只要心的容量足够大，近在咫尺，也能看到可惊可叹的美景。不过，远行终值得羡慕。

    出发了。旅行团的人数不多，彼此熟识之后，就像一家人。孩子名昭苏，某天吃团餐的时候，眼圈红红的，饭量大减，蔫头耷脑。

    我悄声问，哭了？

    他说，没……只是眼睛漏了点水。

    我能够理解这个年龄段的男孩自尊心很强，承认哭泣是难堪的事情。我说，是海水吗？

    他迟疑了一下说，不是。

    轻微的失望，更喜欢诚实的孩子。不过，我也没有资格来管教，于是，淡然一笑。

    昭苏很敏感，觉察到了，说，是湖水。

    我说，哦。

    他仿佛下了很大的决心，说，是青海湖。

    我们一齐笑起来，从此成为朋友。几天后，当我们关系更加良好的时候，他告诉我说，那天流泪，是因为爸爸妈妈逼他写作业。窗外是冰峰雪景，远处的森林里，有独角犀牛、蓝尾孔雀和吐舌头的鳄鱼。他不想写，爸爸妈妈就动了武力。昭苏说，出来旅游，就是要看不一样的东西。现在可好，不一样的东西就在眼前，却不让我看，非让我埋在书堆作业本里。那我为什么还要跑到国外来呢？旅游费那么贵，现在每过一天，就相当于 2000 块人民币。用这个时间来写作业，还不如缩在家里干这事。又省钱效率还高。现在，雪山我也没看清楚，孔雀我也没能拍下来，小鳄鱼也没捞着见……我这到底是干什么来了呢？您是个作家，一定知道鸡犬升天的故事吧？

我说，为什么想起这个道教故事？

昭苏说，道不道教的我不知道，只是这故事和我的情况太有可比性了！

我不明白。昭苏说，我来给你解释。西汉的时候，有个您的同行，叫刘安。

我说，不能吧？我当过解放军，还是心理医生。那时候，有这两个职业吗？

昭苏狡黠地笑笑说，他写作啊，继承了封位叫淮南王。刘安看过很多书，喜欢炼丹以成仙，四处云游，寻访神人。有个叫八公的仙翁，会炼丹，可是他保密，不告诉刘安。刘安不灰心，锲而不舍，终于感动了八公，八公就把炼仙丹的方法告诉刘安了。刘安开始炼丹了，守在炼丹炉旁闭目念经，可专心了。后来他果真炼出了仙丹，吞下去，哎呀，了不得啊，身轻如燕，精力旺盛，目光矍铄，脚下一使劲儿……

我大笑，说，昭苏你好像亲眼看见刘安成仙似的。

昭苏说，嗨，反正刘安一跺脚，就轻飘飘地向空中飞去，定睛一看，已经站在云彩中了。可能是仙丹太灵了，他才吃了几颗就成仙了，没吃完的仙丹散落在地上，被他家的鸡和狗吃了。鸡狗吃完之后，也都飘然升空，成了神仙。刘安在自己家的鸡和狗簇拥之中，慢慢飘向天堂……从此就有了成语"一人得道，鸡犬升天"。

我说，昭苏，绘声绘色说得挺有趣。可我还是想不出它和作业有何联系？

176

昭苏说，咱们能到这里来，不是坐了好长时间飞机吗？

我说，对啊。

昭苏说，神仙都是会飞的，猪八戒土地神这些未入流的小神都会飞。更不要说二郎神孙悟空什么的。

我说，飞到空中就算是神仙，那咱们也是刘安了。

昭苏长叹一口气说，可惜当我升天的时候，我的课本和作业本，也一道升天了。现在，我就被它们簇拥着，和没升天之前一模一样。刘安可怜啊，成天埋在凡间的猪狗们中间，这个神仙当不当的，有什么意思呢？

昭苏有理。不过，有些话，我不能和昭苏说，只想对昭苏的父母说。

我们心的容积，其实有限。旅游是环境和时空的大挪移，国度不同，时差不同，风景不同，民俗不同，语言不同，历史不同，文化不同，饮食不同……使得人心智和体力高度运转，目不暇接。人的眼耳鼻舌身，耳朵竖起，以搜罗更多不同的声音，眼皮尽量睁大，以观察更多奇异的风光。鼻翼扇动，以呼吸更多异乡的气息。味蕾张开，以分辨更多诡异的美食。每一寸肌肤的触觉，都进入高度兴奋的状态，感受着来自异国的风土人情……感觉陌生才是旅行的难得境界。一切尽在掌握中，那是炕头到炕尾的挪挪窝，不是万千气象的旅程。旅程正因为不可或知的奇异而诱人涎水，没有意外的旅程只能是从卧室到厨房的踯躅。

想想看，在你的五官紧张工作目不暇接之时，新的讯息像身后的斑斓猛虎一样追赶你之时，你还能心平气和地写作业吗？

是的。应该轻装，不仅仅是我们的行囊在旅行时尽可能地减少重量，我们的心灵也要腾空，放松到无所挂牵，大脑才能像最大面积的洁净黑板，才能书写新的公式和词汇，才能真正有效地利用这难得的一课，积聚起崭新的能量，从容不迫回应万千世界的频繁刺激。

旅行是精神的压缩饼干，你只能先吞下去，再用胃液慢慢来消化，汲取丰富的营养。如果一边旅游一边写作业，那简直就是暴殄天物，就是捧着金饭碗，喝一盏昨夜的残汤。

旅行其实是不断地发现，冲突，记忆和刷新的循环过程。所有的景色就像按了快进键的录像机，你来不及细看，只有先把它们储存在那里，如同台风莅临前紧急卸货入库的港口。相当于平日十几倍甚至几十倍的海量信息，喧嚣着蜂拥而入，挑战我们身体的每一寸肌肤和所有的感官。我们不断地总结归纳汲解读取融化着，试图用发现来验证经验，用已知来证明未知，用未知来挑战已知……这话说起来拗口，简言之，已知和未知的经纬线，狙杀在一起，像一幅斑斓的锦，匆匆织就。只有先妥帖地藏在背囊中，带回温暖的家。留待以后漫长的时日，展开来，细细反刍。

我希望昭苏能和父母达成旅游不写作业的协议。当然，作业是要完成的，不过不要在瞬息万变的旅途中。旅游是山川河流历史文化留给我们的多选题，先通览一遍试卷，再来琢磨这些新颖的题目吧。

# 深绿是浅绿的弟弟

夏天是北欧的黄金季节，气候温和艳阳高照。但对游人来说，却并不那么舒服。无所不在的白昼，把人的生物钟完全打乱了。明晃晃的太阳，一天 20 个小时照耀着你，让人寝食不安。夜里 11 点了，天空还没有一丝暮色，好不容易熬到了午夜 1 点，窗外渐渐晦暗，可没等你入睡，凌晨 2 点钟天又大亮了。极昼的景致已让人坐卧不宁，试想一下到了年跟前的极夜时分，一天 20 个小时的漫漫昏黑，岂不苦煞人也！更不消说，挪威有五分之二以上的领土在北极圈内，山地、高原和冰川占了绝大部分，可耕地只有 3%，简直可算条件恶劣。

然而就是这个挪威，年年都入选世界上最适宜居住的国家，今年更是一举夺得了此项评比的第一名，我就有些纳闷，和一位朋友谈起心中的不平，那朋友轻轻说了一句振聋发聩的话——挪威的适宜居住，都是因为有树啊！

在挪威旅行，简直就是在绿色的漩涡里打滚。到处都是森林。空气中充满了草木的清香。几天之后，我问同去的朋友，你看看我的白眼球黑眼珠，还是原来的颜色吗？朋友吃惊地端详了我一阵说，你好像并没有得红眼病，还是黑白分明的双眼。我说，我不是那个意思，是说在挪威走来走去，整天看到的都是绿色，眼珠恐怕也染得像翡翠了。

据最新统计，挪威的森林覆盖率达到了国土总面积的 75%。因为有了树木，挪威就有了清洁的空气和丰富的资源，因为有了树木，挪威人就单纯快乐也步伐勇敢。树木在养育了人类之后，又教给人和大自然和睦相处共同繁荣，挪威于是成了世界上最富有的国家之一。

想起一句话："深绿是浅绿的弟弟。"它的作者是一位挪威诗人，写了很多脍炙人口的著名诗篇，但我最喜欢的就是这句——深绿是浅绿的弟弟。它会引起你很多美妙的想象，比如，深绿长大了，是不是也要向哥哥看齐，变成浅绿呢？深绿和浅绿的妈妈是谁？它们有没有姐妹？会不会姐姐是嫣红而妹妹是姹紫呢？

毋庸讳言，我们的国家还不够绿。不要说深绿浅绿，连均匀的淡绿也谈不到，适宜居住对我们来说尚是一个梦。好在绿色的母亲我们已经有了，那就是我们的手和我们的心。只要有了母亲，她的子女就会渐渐繁衍昌盛起来，这必定无疑。

# 海明威的最后一分钱

　　基纬斯特是美国本土最南端的一个小岛。东西长约 5.5 公里，南北宽约 2.5 公里，像一只胖而舒适的卧蚕，睡在蔚蓝的海中。战争年代，由于基纬斯特独特的地理位置，这里是兵家必争之地。

　　我选择到基纬斯特一游，不是因为战争。或者说，也是因为战争——一位擅长描写战争的伟大作家曾在这里生活过，他就是欧内斯特·海明威。

　　半个多世纪以前，名声初起的海明威，厌倦了大城市的繁华生活，想换换口味。小说家约翰·帕索斯向他推荐了佛罗里达州的小岛基纬斯特。这个岛，距离美国大陆比距离古巴还要远。地处墨西哥湾和大西洋交汇的水域，岛上长满了红树林、棕榈、胡椒、椰子、番石榴……天空飞翔着蓝色和白色的海鸟，云彩堆积着，巍峨得好像奇异的山峦。海水由于深邃和清澈，变得近乎紫色，赤红色的水母遨游着，和天边的霞光呼应，构成了诡谲的光柱。岛上居住着西班牙和古巴的渔民，是早年捕鲸人的后代，民风纯朴。海明威欣喜若狂地说："这是我到过的地方中最好的一个。我一点也不留恋大城市的生活。纽约的作家，那都是装在一个瓶子里面的蚯蚓，挤在一起，从彼此的接触中汲取知识和营养，我想躲开他们。"

　　这基纬斯特岛的确非常美丽，让人沉醉而迷惑。但我想不通，在如此妖媚的阳光下，海明威哪里来的心境，描写流血的战争？我有个不登大雅之堂的心得，总觉得作品是某种地理时空的产物，就像野菊花是旷野和秋天的合谋。可能为了迅速纠正我的谬误，夜里，就让我见识到了一场加勒比海骇人的风暴。暴烈的阴云和能够置人于死地的狂雨，让我明白了，这里的天空和海洋，可以比拟任何战争与和平。

海明威在这个小岛上，写下了《永别了，武器》《午后之死》《胜利者无所获》《非洲青山》《有的和没有的》《第五纵队》《西班牙的土地》以及《丧钟为谁而鸣》的一部分……这些小说，凿成一级级花岗石阶梯，送海明威到达了不朽的山巅。

海明威来到基纬斯特定居以后，先是住在西蒙通街，后来搬到了怀特理德街907号，现在对游人开放的就是907号故居。它坐落在一条短短的安静的小街上，回想半个多世纪以前，这里一定更为清冷。高大的庭院，一栋白色的两层楼房。绿得不可思议的树和曲折的小径。走进故居，首先接触到的是无数只猫以豹子般勇猛的身姿，在你脚下乱箭般窜动。这可能是世界上最无人管教的家猫了。还有一些猫不成体统地睡在小径的中央，祖胸露乳放荡不羁。刚开始我几乎以为它们是死猫，它们委实睡得太沉醉了。别看这些猫其貌不扬（以我有限的知识，觉得它们是一些平凡的猫，绝无名贵之种），但它们的血统直接来自海明威当年豢养过的猫，个个是正牌后裔。它们气定神闲为所欲为，赋予海明威故居以勃勃生机。它们是大智若愚的，对所有的访客不屑一顾，心知肚明自己的祖上，才是这厢真正的主人。

我在海明威的故居内轻轻地呼吸。

这套房子是海明威的第二任妻子波琳的叔父于1931年送给波琳的礼物，海明威在这里生活了8年。原先是座西班牙风格的古典建筑，年久失修，门槛腐朽，墙皮脱落，房顶和窗户也有很多破损。海明威着手组织工匠把房子从里到外来了个大改造。这不是项小工程，尤其是设计方案，有很多是海明威自己完成的。

现在看起来，这是一套舒适而井然有序的房子。我原来以为海明威的写作间是阔大的，按照房屋的规模与格局，他完全有能力为自己做这样的安排。室内的陈设，估计很可能是凌乱的。但是，不。我错了。工作间异常整洁，面积也不算很大。铺着黄色的木质地板，齐胸高的白色书架靠在墙边，古典的西班牙式的圆形写字台摆在地中央，阳光充足得让人想打喷嚏。在介绍海明威的书籍里，写着海明威习惯站着写作，他常常把打字机放在书架的最上一层。但在海明威的故居中，我看到的打字机还是规规矩矩地放在写字台上。

海明威还有一个我觉得女性化的小习惯，就是爱收藏小动物的玩具。比如铁乌龟，背后插着钥匙的玩具熊，小猴子和长颈鹿造型的小工艺品……我在一些名人故居看到的经常是名贵的收藏品，显示着主人的身份。但是，海明威不是这样的，他让人看到的是一个大作家的率性和真实。

让我特别留下印象的——是海明威孩子的卧室，地砖的颜色如同韭黄般鲜嫩。解说员告知，这间房屋的设计，是海明威亲自完成的。铺地的材料，是海明威专门从法国定购来的。

我偷偷笑笑。平心而论，和整套住宅华贵精致的风格相比，海明威为自己的孩子所设计的卧室，谈不上出色。不敬地说，甚至有支离破碎的堆砌之感。但我想，他一定是倾注了极大的爱心，单是把那些颜色暖亮得如同咸鸭蛋黄的瓷砖，颠沛流离地运到这个小岛上来，就让人的心情从感动演化成嫉妒。不是嫉妒海明威的富有，而是嫉妒那孩子所得到的眷爱。

海明威的庭院里，有一座露天游泳池。出门就是天然浴场的岛屿，从咸水的怀抱里掬出一座淡水游泳池，即使在今天，也是奢侈。更不消说，海明威是在半个世纪以前，一举完成此项工程。那时，这颗淡绿色的葡萄，是整座岛上的唯一。

在更衣室和游泳池之间的水泥地上，有一块灰暗的玻璃，落满了尘土。解说员将浮尘拭去，让游客看到一分硬币镶嵌在水泥中央。由于年代的久远，币面显出苍老的棕绿。这就是那著名的一分钱了。在观光手册上写着："海明威曾用了两万美金修建这座全岛唯一的淡水游泳池。他说过，要用尽最后一分钱来建造。他做到了，于是在完工的时候，他就把自己的最后一分钱，镶嵌在了水泥地上。"

浪漫而奢华的故事。海明威一掷千金为博红颜一笑，有点帅哥的味道。我却多少有些不明白。既然是求奢华享受，就不要这样捉襟见肘。就算捉襟见肘，也不要公告天下。就算要公告天下，也要做得好看一些。这枚锈绿的硬币，歪斜着，尴尬着，好像一张肿了的苦脸。

我把自己的想法对解说员谈了。那是一个被热带阳光晒出一身麦黄肤色的青年。他说，自己祖居基纬斯特，对海明威很了解。

那一分钱的真相是这样的。他陷入了沉思。

海明威的妻子波琳执意要建造岛上第一座淡水游泳池。在她，这不但是一种享受，更是一种地位和财富的象征。海明威出于爱，答应了这个请求。家中当时并非富有，两万美金不是一个小数目，海明威抖空了钱袋的缝隙。施工很混乱，预算一再突破。有一程，几乎要半途而废。海明威殚精竭虑，把最后一分钱都榨了出来，才艰难地完成了这座划时代的游泳池。为了表达这份艰窘和来之不易，海明威把一枚硬币，镶嵌在这里。

海水拍打着珊瑚礁。往事已经湮灭在不息的浪花之中。我不知道在众多的海明威传记当中，还有没有更权威更确切的说法，关于这一分钱，关于这个来之不易的游泳池。

从故居走出，我们在海明威生前最爱去的那家酒吧，点了一种海明威最爱喝的酒。慢慢呷着。我想，我愿意相信解说员的解释。因为他那麦黄色的皮肤，是一个强有力的注脚。从依然明亮的瓷砖到早已暗淡的游泳池，我在那座葱绿的院子里，除了记住了海明威旷世的才华，还感受着他的率真和独特的个性。

# 桦树舍利

　　大兴安岭的白桦，在夏天，是森林的精灵。假如周围的阳光比较充裕，它们就虹似的微弯着柔软的身躯，簇拥丛生。假如在密林中，就粉笔般的直，直插苍穹。

　　无论何时，即使毫无风的启发，白桦叶也不断相互快乐地击打，发出嚓嚓的细语，好像在多嘴地传播一个爱情的秘密。高大的红松、樟子松，如同宽厚的大哥二哥，并肩矗立，为小妹遮风挡雨。平日风姿绰约的美人松，也谦逊地收起少妇的俏皮，温柔地衬托小姑娘的风采。白桦铝合金般的树干，闪着如鳞的光芒，把脚下的腐叶和一方黑土，都映得银箔般明亮起来。枝和叶，如同勇士决斗时抛向空中的绿色丝绒手套，在风中骄傲又略带战栗地抖动着。

　　白桦美得令全世界的少女嫉妒。

　　但林业工人说，白桦只中看，不中用，材质不好，除了绿化山水和制造氧气之外，就是做"桦子"。

　　桦子——森林中一个散发恐怖气息的名词，所有的树，从幼苗到古木，都为之丧胆，如同犹太人提到纳粹、黑人听到黑手党。那是把整段的树木如凉拌黄瓜般，切成短短的节，再用利斧一劈四半，整整齐齐地码在道旁，等待严寒降临时，化成琥珀色的火焰，供人取暖。

　　于是，优雅地拥有上好身材的白桦，成了桦子的代名词。它的树皮更是优等的"引火纸"，经常在活着的时候就被人成片地剥走，裸出苍青的肢体，滴着汁液，在林子里触目惊心地袒露着黑乎乎的伤痕。

据说被剥了皮的白桦，过不了几年，就憔悴枯萎至死。但人们似乎并不特别惋惜：左不过是做样子的料，不过早些晚些罢了。所以，很多林区至今没有惩处剥桦树皮者的规矩。

于是，桦树只在诗人和风景中孤寂凄凉地美丽着，样子成了它不归路的火葬场。

我在林区穿行，叹息着。不知白桦将怎样逃脱千百年来被焚烧的命运。

内蒙古大兴安岭绰尔林业局的绰尔木珠工艺品总厂，给了白桦以新的生命辉煌。

白桦枝条被充分利用起来，哪怕只有手指粗细。它们在灵巧的女工手里，被车削成一粒粒圆润的桦木珠，大如山楂，小若樱桃，中央有孔，如同被挖去籽的山里红。然后经过十三道工序的细致处理，打磨、漂白、染色、上光……成为一颗颗色彩斑斓、玲珑剔透的彩珠。一箩箩地盛了，在厂区的院落里晾晒着，黄如龙眼，赤若火丹，翠似竹沥，黑宛鸦羽……仿佛收获了天上种植的粟粒。

披了新漆衣的木珠，如同画家的笔、绣女的线，是巧夺天工的武器。各色的桦木珠，一律以盘子盛了，摆在工作台上，好似五色菜肴。编织女工对着图纸，以透明的尼龙线精心地穿起彩珠，一枚枚、一行行、一片片……初起时看不出什么，只是一些散落的片段。但是随着时间的推移，你渐渐地对她们的手肃然起敬了。因为，栩栩如生的墨马在她们的手下，奔跑了；憨态可掬的熊猫在她们的手下，吃竹了；异国的女神在她们的手下，燃起火炬了；古老的脸谱在她们的手下，面如重枣谈笑风生了……

碎的桦木屑和桦木锯末还可以加工成板材，真是物华天宝、物尽其用了。桦树——这只大森林中的白凤凰，从火焰的旁边轻轻掠过，涅槃了。

我拣了一段莹白如雪的桦枝，央一位女工特地车削了几粒本色

186

的桦珠，握在掌心。它如骨似玉，犹如白桦的舍利。带回家送给朋友，让他们从中感到大兴安岭森林的呼吸和土地的脉搏。

# 亚心守望者

亚心——亚洲地理中心之意，位于东经 87 度 20 分、北纬 43 度 41 分①。具体地址在新疆乌鲁木齐县永丰乡包家槽子村旁，一片悠远荒芜的戈壁之上。

亚心尚未旅游开放，从乌鲁木齐市出发，正赶上修路。车颠簸不已。卷起的尘埃从钢铁缝隙潜入，如同一件驼黄色狐皮大氅，把人从头到脚裹个严实，每一根发丝都因此茁壮。

向导说，经卫星精确测量的真正亚心，位于包家槽子村的打麦场上，周围有些错落的农舍，相当一湾小小的绿洲。考虑此地将来必是旅游胜地，要有相应的建筑设施，占据田禾、搬迁居民有诸多不便，某领导决定将亚心向一旁迁移约 200 米，使它坐落于荒原。

在尘埃中听完介绍，对亚心的权威性生出大打折扣之意。好像你预备攀登的是珠穆朗玛峰，却被诱导向冈底斯山爬去。景色虽也值得一看，到底不是初衷。向导觉出我们的沮丧，解释说，卫星上的一秒，相当于地面上的一公里。对于辽阔的亚洲大陆来说，区区几百米偏移，实在算不得什么。

到了亚心。因正在施工，几乎看不到任何成形的建筑。高高的脚手架矗立着，好像旷野上一个骨骼魁伟的流浪者，孤独地仰天沉思。据说，这里将高耸起一座永久性标志，证明与众不同。

在亚心的原址和现地，我分头眺望许久，终于承认即使不从经

---

① 应为东经 87 度 19 分 52 秒，北纬 45 度 40 分 37 秒。

济上考虑，迁移决策也十分英明。打麦场四周可望及田园风光，比如金黄的麦垛和砖瓦红房……太多的温馨人文气息，像醋一样，会泡酥人们对于亚洲地理中心博大苍凉的期冀。

大漠上的亚心，简约到近乎虚无。三面是迷茫寥远的地平线，骄阳蒸腾下的青紫色蜃气，在大地穹隆的边际，波光粼粼颤动，好像在遥远的乾坤结合部，悬挂着巨幅呈半包围状的蓝绸，将宇宙和漠地连缀在一起。地面的沙砾毫不留情地反射着中亚的阳光，抖着尖锐刺目的断剑般的光线，好像遍地都是金粒和石英的结晶，诱人弯腰捡拾。

在亚洲中心，你感觉到的并不是地理概念。恰恰相反，你完全忘记了亚洲的存在——它庞大的面积、爆炸的人口和漫长的历史，都随沙漠的无垠悄然遁去。胸中壅塞的只是天地苍茫、物我两忘的阔大惆怅，涌动着我们前世为沙、后世为风的神秘幻觉。

看完风光，向导说，想不想会会亚心的雕塑家？

我们嘴上说，想啊想啊。心下思忖，在这寂寞僻远的地方，会有怎样的雕塑家呢？

他是一位苍老的农户，包家槽子的原住民，放过牛羊，做过木工和石匠。当他听说双脚踩踏过无数遍的土地竟是亚洲之心时，便想用自己的手艺为它做点什么。

多少年游牧天山，终日与石头为伴。那些无数世纪默默不语的顽石，在他眼里，充满鲜活灵性。雕刻时，不忍刀剁斧劈，而是反复端详，看石头像个什么，便雕个什么，绝不愿违了石头的天性。他的风格是大写意，只求神似，不苛细部的真实。喜欢像原始人那样，用两块石头互相敲击，当这一块打磨成形的时候，那一块并不随之破损，也伴生为一件艺术品。牧归的时候，他总是听到山路旁两块体积庞大的暗红色沙石在央告，想去看看山外的世界。于是他把它们拉回家，开始雕刻石狮。他希望石狮驮着他的情意，从此守望在亚心。

雕塑尚未完成，我们来到老人的作坊，那只是临街的一处树荫。粉尘飞扬。空气中有燧人氏钻木取火的味道。老人的眼睛缝着，整个面部像城里时髦女子做矿物面膜，敷满杂色石粉，被汗水凝成模具，皱纹裂得格外深重。相握时，他手板冷结，盛夏之日完全没有温度湿度，如磐石般硬。

老人雕的公狮已整装待发，母狮也在石料中呼之欲出了。狮子的造型很朴拙，既不像南狮那般甜腻宝气，也不像北狮那般冷漠威严。它们散淡天真，而又大智若愚。

我们问，为什么您要雕狮子呢？不是龙或麒麟什么的？

老人不识字，回答缓慢精绝。他说，一、这两块石头天生狮子形状，你不能把它们雕成别个样子；二、亚心位于新疆，在西藏、内蒙古之间。公狮子代表内蒙古，因为蒙古族性烈；母狮子表示西藏，藏族性柔。

老人的雕刻，都是义务劳动。除了新疆金新宾馆赞助的从山里拉石头的钱，他分文不取，全家上阵。

告别老人，告别亚心，归途中，我们这些城市的游子陷入深深的沉默，彼此相对无言。每当人们沐浴自然、感悟挚情之后，都会有这种电火击穿般的震撼和久久的眷恋长留心间。

# 白兰瓜

听说我要西行，所有的朋友第一个反应都是："你可以吃到白兰瓜了！"

北京的街头也常见到白兰瓜，并不白，像个磕碰过的篮球，也不甜，带有青草的气息。不过，这并不影响我对白兰瓜的仰慕希冀之情。城市是个坏地方，能让所有带有乡土气息的东西走味。

兰州果真是白兰瓜的大本营，十步之内，必有瓜阵，白的如同一张张女儿面，黄的像金牌一样灿烂。据说，黄色的白兰瓜叫"黄河蜜"，是改良品种。我们馋馋地想：黄出于白而胜于白，想必更甜。

西北人出手大方，刚住下就给每人发三个白兰瓜。堆在一处，俨然一座瓜山。

"先杀哪一个？"大家摩拳擦掌。

"一样宰一个吧！"

刀锋倾斜着刺入，浓郁的香气沿着刀柄湍湍流出，光凭味道就知道同北京的赝品不同。每人抢一块，吞进嘴里，像喝粥似的往下咽。

向导笑眯眯地看看大家的贪婪，很为家乡的特产自豪。西北方言形容这种吃的局面，叫作："吃了一个不言传！"

终于有人言传了："闹了半天，白兰瓜也不过如此嘛！"

"比黄瓜也强不到哪儿去！真是空有其名！"更多的人附和。

向导的脸色难看了，忙解释："今年雨水多……"

平心而论，白兰瓜真是盛名之下，其实难副，闻着还可以，尝尝却不甜。

白兰瓜原籍美国。1944年，美国土壤学家和水土保持专家罗德民趁美国副总统访问兰州的机会，托他把"蜜露"甜瓜种带到中国。"蜜露"移居中国后，改名"白兰"，现在已成为甘肃特产。

一路西行，哪里都要款待白兰瓜。刚开始还总想给白兰瓜恢复名誉的机会，心想兰州的瓜不甜，别处的可能甜，然而总是失望，哪儿的白兰瓜都不甜。以后，就连尝的兴趣也没有了，除非渴极了，拿它顶水喝。

辜负了我的信任与渴望的白兰瓜啊！

"到嘉峪关就有好瓜吃了，那儿止在举办瓜节。"向导为大家打气，他总想给家乡的瓜正名。

只知道嘉峪关是长城的一端，不知道它还是瓜的盛市。西北各省市的瓜，像陨石雨似的降落在小城，满载的瓜车还在源源不断地涌入。前面一个急转弯，几个硕大的甜瓜被车甩了下来，摔碎的瓜把香气像手榴弹似的烟雾塞满街道。真担心这么多瓜，吃不完可怎么办！

瓜节隆重开幕了。白兰瓜形状的氢气球飘浮在碧蓝的天空，远处是银箔似的祁连雪峰。孩子们头上戴着白兰瓜形的帽子，街上的社火队打扮成瓜的模样……真是一个瓜的世界。

张老作为瓜节贵宾，被邀上主席台。美丽的迎宾小姐敬上一个扎着红缎带的白兰瓜。好像瓜也有精灵，像东北的人参娃娃似的，不系住就会跑掉。散会后，我赶忙跳进张老的房间，想先尝为快。别处的瓜不甜，瓜节上的瓜王还能不甜吗？没想到，张老摊着两手说："忘了把瓜带回来了！"

唉！于是想，美丽的迎宾小姐也许会把瓜送来。痴等了许久，才想到女孩并不知道瓜是谁丢的，况且这里的瓜极多，人们并不会格外珍重这个瓜的。

没有吃到瓜王，其他的瓜也仍旧不甜。向导为了给白兰瓜平反，一个个地杀，狼藉一片。我们忙说："挺甜，这个就不错，别杀了。"他拈起一块尝尝，说："怎么瓜节上的瓜也不甜？不要紧，到了安西，就能吃到好瓜了。"

过安西时，正是午后沙漠上最热最寂寞的时光。黑蓝色的柏油路蛇蜕似的蜿蜒着，天空中弥漫着看不见却无处不在的尘埃，仿佛一杯混浊的溶液。太阳在空中发出幽蓝色的光，却丝毫不减其炙烤大地的威力。铁壳面包车成了真正的面包炉。我们关上车窗，是令人窒息的闷热，打开车窗，火焰般的漠风旋涡般地卷来。口唇皲裂，眼球粗糙地在眼眶里转动，全身像烤鱼片似的干燥无力。

突然，在大漠与公路相切的边缘，出现了一个木乃伊似的老人。地上铺一块羊皮，上面孤零零地垛着一小堆瓜。他出现得那样突兀，完全没有从小黑点到人形轮廓这样一个显示过程，仿佛被一只巨手眨眼间贴到苍黄的背景上。也许是因为他同大漠的色泽太一致了。

司机停下车说："就买他的瓜吧！"

"瓜甜吗？"我们习惯地问。卖瓜的人没有说瓜不甜的，但老人慢吞吞地回答："这里是安西呀！"

安西的瓜就一定甜吗？安西就是白兰瓜的免检合格证吗？国优部优产品还有假的呢，世界上徒有虚名的事太多了！

因为别无选择，我们买了老汉的瓜，记得狠狠砍了砍价。老人树根一样的脸上没有表情，算是同意了。极便宜的价钱。

车上地方窄，又颠簸。到了远离安西的地方，我们才停车吃瓜。安西的白兰瓜外观上毫无特色，第一口抿到嘴里，竟然是咸的！

过了片刻，才分辨出那其实不是咸，而是一种浓烈的甜。

甜到极处便是蜇人的痛，嘴角、舌尖都甜得麻酥酥的，仿佛被胶粘住了。抓过瓜缘的手指，指间仿佛长出青蛙一样的蹼，撕扯不开。手背上瓜汁淌过的地方，留下一道透明的痕迹，仿佛一只流涎的蜗牛爬过，舔一舔，又是那种蜂蜇般的甜。

真不知如此苦旱贫瘠的安西怎么孕育出如此甘甜多汁的白兰瓜。

安西古称瓜州。总觉得古代人很会起地名，比如武威，原来叫凉州，透着荒远僻地的苍凉。张掖叫作甘州，有一种安宁平和的感觉。安西地处荒沙，日照极强，非常适宜种瓜，自古以来，以瓜闻名天下，故称瓜州。

美国的良种甜瓜"蜜露"移民到了中国，在安西扎下根来，比在老家长得还要好，白兰瓜的盛名，其实是靠瓜州的瓜打的天下。

也许，白兰瓜要正名为"安西瓜"才更符合历史的真实。

我也想过，是否因为那天的极度干渴才使这沙漠之中的瓜显得格外甘甜。后来遇到过几次同样的情形，才知道唯有安西的瓜无与伦比。

想想这瓜，很有感触。它原本来自大洋彼岸，却在这块古老贫瘠的土地上繁衍得如此昌盛。它入乡随俗，褪去了娇滴滴的洋名字，也不计较人们以讹传讹地称它白兰瓜，寂寞然而顽强地在沙漠之中生长着，以自己甘饴如蜜的汁液濡润着焦渴的旅人。

啊！瓜州的瓜啊！什么叫特产，什么叫真谛，它只限于窄小的区域。好比一个石子丢入湖中，涟漪可以扩散得很远，但要找到石子，必须潜入那最初的所在。

蓝色太阳下的沙漠老人，教给我这个道理。

# 黑牛引路的民族

　　凡是人数极少的民族，我都以为他们生存在西南的十万大山里。只有偏远闭塞，才能保持住他们特有的习俗和文化。若在通衢大道旁，便很容易同化或繁茂起来，不再保留古风。听说整个民族尚不到一万人的裕固族，邀请我们到他们的民族饭店做客，我在深刻检讨自己孤陋寡闻的同时，由衷的高兴。

　　裕固族现有 9145 人①，全部居住于甘肃张掖地区肃南裕固族自治县，以畜牧业为主，有自己的语言，没有文字。

　　裕固族的宴席很丰盛，烧羊羔肉脍炙人口。据说当地流传着"宁吃一顿羊羔肉，不坐三请六聘九家席"之说。我因不吃羊肉，失去一顿好口福。其他的菜就没有什么特色了。席间有两位裕固族女郎，身着鲜艳的民族服装，为人家敬酒。

　　她们一边用裕固族语言唱着悠扬的祝酒歌，一边用手指将酒虔诚地弹向高空，洒下大地，这大概是一种古老的习俗，然后双手将酒捧给客人。在这种不加解说的热情面前，由不得你不喝。不一会儿，席间的气氛就像火焰似的沸腾起来。

　　两位姑娘是表姐妹，一个叫银杏，一个叫月亮，都是极美好的名字，人也长得像名字一样美丽。我与同行的一位女友争执到底谁更漂亮。我喜欢姐姐银杏灼目的冷艳之美，女友喜欢妹妹月亮清澈的纯真之美。总之，裕固族姑娘有一种东西交融的迷人风采。

---

　　①　据 2005 年统计，该民族人口 1.5 万多。

在我们的要求下，她们演唱了裕固族古老史诗的片断。歌声古朴苍凉，仿佛一支鹰笛在草原上空盘旋。大意是：

> 我们是来自遥远西方的旅人，
> 祖先告诉我们：故乡在西直哈赤。
> 黑色的神牛引路在前，
> 来到八字墩下。
> 站在八字墩上瞭望，
> 沙漠中有一丛玫瑰色的红柳花，
> 这里是一个吉祥的地方。
> 从此我们留在了这里，
> 成为今天的裕固人。

"那么，西直哈赤又在哪里呢？"席后，我问两姐妹。对于这样一个曾经漂泊过的民族，你会激起强烈的寻根愿望。

"西直哈赤大约在新疆喀什或吐鲁番一带。我们的祖先是一个强大的部落，后来战败了，开始逃亡。有一年我到新疆去，突然发现那里的一切都非常熟识，好像我在梦中曾无数次游览过这地方……"银杏说。

我想这是完全可能的。一个民族的集体无意识，一定以某种生命物质的形式储藏在遗传基因的密码中，像火炬接力赛，一代一代传递下去。

后来查了资料，才知道裕固族属于中国的古民族，公元6世纪时，游牧于阿尔泰山一带，曾经建立过东至辽河、西达里海、北到贝加尔湖的辽阔国度。

姑娘们的父母都是牧民，父亲是草原上著名的歌手。妈妈领着小银杏去挤牛奶，这对孩子们来说，是个枯燥的活儿，妈妈就教她唱歌。最初的歌就随着洁白的乳汁渗进她幼小的心田。后来，作为裕固族排名第一位的歌手，她到了北京，获得了少数民族节目会演优秀奖。她到处演唱裕固族的歌曲，有一天接到一个奇怪的邀请——匈牙利国家电视台邀请她去访问。

匈牙利大使馆的人听到了裕固族的民歌，觉得同匈牙利的民歌有那么多的相似之处。他们把银杏邀到电视屏幕上，与一位匈牙利歌唱家对唱。你唱一首，我唱一首，一共录了一百首。

"真的很像吗?"我问，这太不可思议了。

"真的很像。"银杏肯定地答复我。

"那这是怎么回事呢?"我陷入迷惘之中，肃南和匈牙利，这中间的距离太遥远了!

"我也这样问过匈牙利人，他们说，他们就是以前的匈奴。"

据说，匈牙利的语言学家考察过裕固语，也发现了两者之间惊人的相通之处。

面对这两个漂亮的裕固族姑娘，你突然发现仿佛面对历史与地理的迷宫。

# 山妖的阶梯

快到挪威边界了，导游莉雅说，可以买一些山妖带回国。我说山妖是什么？莉雅说，你马上就能见到了。进得店中，只见无数个怪模怪样的玩具龇牙咧嘴地瞅着你，好似一头扎进了外国的花果山。

莉雅说，北欧人喜爱的神话人物"Troll"，俗名就叫山妖。山妖的长相实在不敢恭维，披头散发，青面獠牙，个子都很矮，红蒜鼻头，尖耳朵，大肚皮，牙齿参差不齐，手指和脚趾都只有八个。有的两个头，有的三个头，头上长着青苔和树木，甚至还会长出一些小山妖。有的干脆只有一只眼睛。全身披满破烂的长毛，还长着像牛一样的尾巴。最惊人的是比大象还长的鼻子，据说是熬粥时用来当勺子用的。

我对莉雅说："山妖这么难看，一定也很凶恶。"莉雅说："不。山妖虽丑陋，但心地很善良，天性活泼，常受到小孩愚弄，智商好像不太高。有时也会搞出些恶作剧，谁要是得罪了山妖，他就会报复或戏弄你。如果和山妖和睦相处，就会得到善报。"

山妖也有软肋，就是只能昼伏夜出，见不得太阳。他们如果贪玩，忘了在天亮前躲起来，就会被阳光化为空气或山石。山妖精于手艺，能制各种武器和家庭用品，并在上面刻符咒，人们若错用他们的家什，就会遭殃。

说了这么半天，你是否能想象出山妖的模样？如果还感觉困难，我就给你打个比方（这个比方没有向专家求证过，如果错了，责任自负）。我觉得白雪公主故事中的七个小矮人，就是山妖一族。你看，他们居住在密林中，有自己专用的锅碗瓢勺和小床，不喜欢外人闯入和打扰，心地善良，乐于助人。这些岂不都暗合了山妖的秉性？

据说山妖是挪威最早的原住民。他们有家庭，分部落，甚至还有自己的国王。森林小湖的山妖叫"纳啃"；居住在瀑布和磨坊中的山妖多才多艺，擅长拉小提琴，名叫"弗色格里门"（即"丑陋的瀑布人"）。这个山妖还是个教授，听说一个挪威小提琴家曾拜师其门下。一般的山妖身材矮小，但在北方的海里，有一种叫"德捞根"的庞大山妖，十分恐怖。山妖安贫乐道，像柴堆、菜园、仓库、马厩和牛棚，都是他们安居乐业的地方。

在哈丁格高原，我们的汽车穿行于白雪皑皑的山峰，地面上蹲踞着乱石，听说都是山妖的化身。山路旁，错错落落地插了些粉红色的小球，这是当地百姓供给山妖的玩具。传说山妖很喜欢喝粥，长鼻子可当搅拌器用。我和山妖有同感，是喝粥爱好者，只不过对以鼻当勺略有微词。如果伤风感冒了，涕泪交加，恐不相宜。我把这顾虑同莉雅讲了，莉雅说："估计山妖是半人半神之体，并不罹患寻常的病痛。"

山妖也有很多法力，可以化成美女，如同《聊斋》中的狐狸精，引诱年轻的男子进山。不过，识别他们，也有法宝。山妖是有破绽的，如果你去北欧旅游，在人烟稀少的地方碰到曼妙的姑娘，一定要留意她身后是否有毛茸茸的尾巴。进山的女子也不可大意，有些雄山妖也会劫持漂亮的姑娘进山洞，从此音讯渺茫。

挪威戏剧大师易卜生的名作《培尔·金特》里，便有主人公遭山妖戏弄的场景——培尔无意间闯入山妖的洞窟，因拒绝与妖女成婚，遭众妖凌辱与折磨，差点丧命，幸而传来黎明的钟声，妖魔才星散而去。

山妖并不是铁板一块，而是分成三六九等。他们生性慵懒，但循规蹈矩。他们反应木讷，但天真善良。他们离群索居，偏又呼朋唤友。他们远离人，又和人有着千丝万缕的联系……看来因为山妖是名副其实的草根阶层，所以才受到百姓的广泛喜爱。

据专家考证，挪威利勒哈默尔市区北边的自然公园，是山妖的家乡，而在举世闻名的盖伦格峡湾，还有令人毛骨悚然的"山妖的阶梯"。

我很喜欢"山妖的阶梯"这个名字，缠着莉雅问可否绕道一看？莉雅说那就是极险的悬崖公路，位于鲁姆斯达尔山谷，一弯又一弯，近乎垂直地从山顶盘旋而下。十二道山弯像是一条极细的铂金白链"挂"在山间。因正在维修，我们无法抵达。看我失望，她说，今天的山路其状之险，也约等于"山妖的阶梯"了。

莉雅所言不虚。山路狭窄，雪峰林立，以我曾在西藏阿里攀山越岭的经验，也不得不惊叹这行程的陡峻。跋涉数小时后登到顶峰，俯瞰峡湾景致。挪威峡湾是被联合国教科文组织列为世界游览者评价第一的旅游之地。清冽似冰的山风把衣衫吹得鼓胀如帆，刀剁斧劈的孤悬绝壁之下，一泓碧蓝的海水，宛若仙境，美到令人眩晕。你会仰天长叹，相信此处绝非常人的居所，只能是山妖出没的属地。

# 跨越冰河的驯鹿

芬兰首都赫尔辛基，是个美丽的以白色为基调的城市。导游介绍道，如果两个人手拉着手，并且平伸着臂膀，在人行道上前行500米，不会被人从对面走过来打断。这说法乍一听有点费解，想想方才明白。两人并排平伸胳膊携手，体宽再加上双臂展幅占地就在3米之上，走了许久还碰不到人，说明赫尔辛基道路宽阔，行人寥寥。

赫尔辛基空气极其清新，据说可吸入颗粒物的含量是"0"。我问导游，此地有什么好东西？那是一个中国国籍的小姑娘，说，这里好东西多了，只是道路宽阔和空气新鲜，带不走。剩下的最好的东西，我看是诺基亚手机和驯鹿皮。

诺基亚手机的总部设在芬兰，我们观看过那座几乎完全是由玻璃幕墙构建的大楼，听说里面的会议室都是以城市名字命名的，你可能上午在柏林开会，下午就到伦敦相聚。我说，手机我有一部老式的海尔已足够，驯鹿皮我倒是很有兴趣。

喜欢那个喜气洋洋的老头，戴着垂肩的红软帽，裹着窝窝囊囊的红皮袍，脚蹬结结实实的长筒靴，满头银发和垂到腰际的胡子好像在比赛谁更白更亮。最重要的是，他不辞劳苦地扛着无数个红袋子，里面塞满了送给人们的礼物。

这个老汉就是大名鼎鼎的圣诞老人。在白雪皑皑的冬夜，这个上夜班的老爷爷，拜访千家万户，送去祝福和快乐。

老人岁数大了，扛着大包袱走路太辛苦，速度也慢，会让渴求礼物的小孩子们等到很晚。天黑雪滑，他老眼昏花又没有驾照，肯定是开不成车。礼物又多又沉，没法骑自行车，用什么代步？

圣诞老人爬上了雪橇。谁来拉雪橇啊？八只驯鹿！

我很小的时候，听到了这个故事，对圣诞老人感情倒还一般，只知道他是个外国人。那时候，中国人对所有的外国人，除了苏联人之外，都有疏离之感。唯有对那八只拉着雪橇的驯鹿充满神往。想想吧，在漆黑的雪夜里，只有丛林间隙透过的点点星光，八只浑身布满美丽斑点的长角驯鹿，眼睛里充满安详和赶路的兴奋，宽大的蹄子在冰雪上渺无痕迹地掠过，皮毛被掠起的风吹得纷披而下，像一道褐色的闪电擦过雪原……

关于驯鹿，我们还知道些什么？

导游是个美丽的中国女留学生，名叫佳佳。佳佳以前在国内的时候，曾看过我的作品，接机的时候认出我，因此我们十分友善。她告诉我说，"驯鹿"一词源于印第安语，意思为掘地觅食的动物。驯鹿是异常勇敢的生灵，生活在北极圈附近，雌鹿体重可达一百五十多公斤，雄鹿较小，为九十公斤左右。雄、雌鹿都生有一对树枝状的犄角，可达 1.8 米，每年更换一次，旧角刚刚脱落，新的就开始生长。驯鹿中不但雄鹿有鹿角，雌鹿也长鹿角，为什么如此？这是由客观生存条件决定的。北极气候严寒，植被稀疏。怀孕的母鹿为了抢到更多的地衣、草根、苔藓等食物，需要跟强壮的同伴们争抢，只能巾帼不让须眉地长出角来。

阿拉斯加冰原地区冬季气温可降至零下 60 摄氏度，为了抵御寒冷，驯鹿不仅全身覆盖皮毛，连嘴鼻部都长有浓密的须毛。

驯鹿虽然温驯善良，却并非人工驯养出来的，由北欧拉普人管理的驯鹿是大范围圈养的。驯鹿毛很有特点。长毛中空，充满了空气，不仅保暖，游泳时也增加了浮力。贴身的绒毛厚密而柔软，就像是穿了一身双层的皮袄。

驯鹿群每年都要进行一次长达数百公里的大迁徙，遇山翻山，逢水涉水，勇往直前，前仆后继，万死不辞。春天一到，它们便离开赖以越冬的亚北极森林和草原，沿着几百年不变的既定路线往北进发。

北极圈西部一带生活着五十多万只驯鹿，庞大的种群里每年春季都会有数万只母鹿即将临产。地衣、草根等食物所含养分较少，数量也很有限，根本无法满足孕鹿所需的营养。为了确保自己的孩子出生在食物充足的地方，让亲爱的孩子身强体壮，在返乡的路途中能够存活，勇敢的孕鹿一刻也不敢耽搁，在白昼稍见增长的 2 月初，就最先踏上迁移的征途。

总是由雌鹿打头，雄鹿紧随其后，浩浩荡荡，长驱直入，日夜兼程，边走边吃，匀速前进，秩序井然。

驯鹿们沿途脱掉厚厚的冬装，生长出新的薄薄的长毛。绒毛掉在地上，正好成了天然的路标。年复一年，不知已经走了多少个世纪。

它们从阿拉斯加东部的苏瓦半岛出发，平原的尽头，宽阔的库伯河横亘在驯鹿的面前。这是驯鹿们需要逾越的第一道天然屏障。正常情况下，驯鹿们可以趁着结冰期过河，如果春天提早来临，河面出现大规模破冰，融冰使河水暴涨，它们只能冒险。大多数母鹿都有察觉冰层薄厚的本领，会谨慎地挑选一条安全路线。年轻母鹿缺乏过河经验，有的会掉入冰河。尽管驯鹿善于游泳，可是冰河的温度很低，游累的母鹿会爬上浮冰歇息。浮冰顺流而下，可能将疲乏的母鹿带离群体，也可能让其迷失方向，最后溺死。

逃过冰河之劫的母鹿们以为可以暂时喘息一下，没有留意身边还有另一个会走动的危险——它们的天敌大灰熊结束冬眠了，正需要填饱空了一冬的肚子。牺牲了几个大意的同伴之后，其余的孕鹿开始翻山越岭，进入另一阶段的征程。野狼在这里成群出没，危险无时不在。

天气变暖了，苔原地区进入产期的动物不只是驯鹿，南方野狼也快要当妈妈了。对于驯鹿来说，野狼捕食量大增当然不是好消息。

要想到达目的地还要翻过布鲁克斯山脉，越过尤塔卡河，可是孕鹿顾不了这些，它们马上就临盆了。

幼鹿出生后几小时就会直立、行走，一天之内奔跑的速度就会超过人，在很短的时间内就会自己觅食。拥有如此迅速的生长速度，是大自然赋予幼鹿的独特本领，它们必须尽快强壮起来，跟着妈妈一起跨越尤塔卡河。

6月苔原地区进入了短暂的夏天，到处都是绿油油的青草和盛开的野花，在各种维生素和氮、磷脂的滋养下，幼鹿很快就会强壮起来。

最后一批来此的驯鹿一个月后才能享受到这些。跟先出生的幼鹿相比，落在后面的孕鹿生出的幼鹿就要弱小得多。

水面宽阔，有经验的母驯鹿知道幼鹿过河危险性很高，会挑选水流和缓的地方让幼鹿下水。相反，有些年轻的急脾气的母鹿会带小鹿逆流而上，致使幼鹿还未上岸就已筋疲力尽。湿淋淋的幼鹿无力上岸，母鹿再焦急也帮不上忙。体力差的幼鹿就此丧生，就算侥幸上岸，绵延数里长的驯鹿群已经走远，这些幼鹿很可能落入人灰熊或者野狼的口中。

7月苔原雨水较多，地面上积存了很多水洼，滋生了大量蚊蝇。此时的驯鹿已经长出了新的鹿茸。初生的鹿茸表面十分脆弱，里面含有大量血液，是蚊蝇围攻的主要目标。每天，每只驯鹿都会为此损耗一定的鲜血。

苍蝇最喜欢将蝇蛆生在驯鹿的鼻孔中，而蝇蛆将在其鼻孔中寄生。为了驱赶身上的蚊蝇，驯鹿不得不重新爬上布鲁克斯山脉，让山风帮忙。

8月下旬，北极圈的头一阵冷风袭来。驯鹿深知这一讯号的含义：几周后大雪就会来临。雪困之前，它们必须离开，漫长的迁移之旅又开始了。

驯鹿肉是上好的食品，跟牛肉的味道差不多。皮可以用来缝制衣服、制作帐篷和皮船。骨头则可做成刀子、挂钩、标枪尖和雪橇架等，还可以雕刻成工艺品。

感谢佳佳的这番介绍，让我们对驯鹿多了了解，更多了敬佩。人是需要敬佩一些动物的，为它们所具备的我们业已丧失的智慧和勇气。

敬佩演变成了尽快购买驯鹿皮毛的欲望。佳佳说："咱们就到南码头吧。"

位于市中心参议院广场上的赫尔辛基大教堂及其周围淡黄色的新古典主义风格的建筑，是赫尔辛基最著名的建筑群。在大教堂附近，就是南码头。那里是停泊大型国际游轮的港口，北侧建有总统府。总统府建于 1814 年，原是沙皇的行宫，1917 年芬兰独立后成为总统府。总统府西侧的赫尔辛基市政厅大楼建于 1830 年，外观至今仍保持着原来的风貌。南码头广场上有常年开设的自由市场。虽然是露天的，却找不出丝毫的杂乱与匆忙，处处洁净而整齐。在色彩缤纷的小棚子底下，贩卖着花草、蔬果、食物、玛瑙、水晶、琥珀、芬兰刀具等，色彩纷呈。当然最多的是新鲜鱼类，鱼鳞闪着紧致而幽蓝的光，瓷白色的鱼眼炯炯有神地看着你。

找到一个出售皮毛的摊位，驯鹿皮堆满柜台。摊主是个小伙子，态度友善。我问佳佳："什么样的驯鹿皮算是好的呢？"

她说："您是打算铺沙发还是挂在墙上？"

我想这么清丽的驯鹿皮，若是垫在屁股底下，暴殄天物了，就回答："挂在墙上。"

佳佳又问："喜欢什么颜色？"

我说："有分别吗？"

姑娘说："白色的驯鹿皮最美丽，但很稀少，价钱昂贵。比较大众化的是咖啡色有白色斑点的那种，给圣诞老人拉雪橇的驯鹿，就是咖啡色的。"

我说："那就要咖啡色。"一是因为囊中并不宽裕，想那罕见的白色驯鹿皮，可能消费不起；二是我想看到真正拉过圣诞雪橇的那

205

种驯鹿。

驯鹿皮比常见的羊皮要大，毛也要长一些，稍显粗硬，但很有弹性。在浅褐色的底子上，有椭圆形的白色斑点，好像没有融化的大朵雪花。驯鹿皮保温性能特别好，芬兰人冬天坐在河边砸开冰洞钓鱼，屁股底下垫一张驯鹿皮，根本不会受寒得老寒腿什么的。听说驯鹿奇特地实行着双重体温，小腿以下的温度要比躯干低10摄氏度左右。蹄子和腿经常埋在冰雪里，降低温度就有利于体温的保持……多神奇！

我像扯旗那样撑开驯鹿皮，一张张翻看，想找到最有特色的皮毛挂在自己家中。驯鹿的花纹气象万千，绝无重复。我把预备精选的皮张放在一旁，佳佳便把它们翻转过来，审视背后的质地。我说："看后不看前，为什么？"佳佳说："挑选驯鹿皮，毛色花纹固然重要，也要注意皮子的内在质量。每只驯鹿生前的营养状况不一样，受过蚊虻叮咬或受伤，就会在皮肤上留下小黑点，皮毛寿命就会受影响。只有那些最健壮的驯鹿皮毛，才光彩照人。"

感谢佳佳教诲，我淘到了一张美丽的驯鹿皮。接下来的步骤就是谈价钱了。佳佳向笑眯眯地看着我们挑皮子的芬兰小伙子询了价，每张60欧元。

大约合人民币600元。我小声问佳佳："能不能便宜一点呢？"佳佳吐吐小舌头说："估计不成，他们通常是不还价的。"佳佳虽然这样说了，但还是又问了一遍。小伙子很友善但是很坚决地拒绝了。

几位同行伙伴走了过来，看到驯鹿皮也很喜欢，就对佳佳说："我们也要买，多买几张是不是可以便宜些呢？"

佳佳又一番紧锣密鼓地交涉，无功而返。小伙子笑眯眯地回绝了我们批发的建议。于是，我们每人都以60欧元的价钱买下了驯鹿皮。佳佳说："小伙子说，他的驯鹿皮是最便宜的。"后来到了其他地方，看到售卖驯鹿皮的商店，价钱在70至90欧元，也有卖到100欧元的，看来南码头的芬兰小伙子说得很实在。

# 最好吃的巧克力

我是一个很爱吃巧克力的人。在瑞士的时候,导游的一句话让我来了兴趣。导游说:"世界上哪里的巧克力最好吃呢?是瑞士。为什么呢?因为巧克力主要是由可可脂和牛奶构成的。"

我觉得这几乎是一句废话,等于说你知道今天的天气为什么好吗?因为今天是星期三,明天是星期四,所以天气好。不解决任何问题,疑团继续存在。

瑞士是一个面积只有 4.1 万平方公里的小国,山高水险并且冬季严寒,全国并不生长一棵可可树,瑞士也从未有过殖民地,和可可生产地如非洲、南美洲等没有任何直接关联。就是说,瑞士生产巧克力,几乎就是先天不足。然而,为什么瑞士是世界上巧克力的第一生产大国,享誉全球?

巧克力的所有制造方法都是在瑞士发明的,瑞士人使巧克力的制造流程和方法达到了几乎完美的地步。最可贵的是瑞士人并没有让巧克力长久地保持高昂的身价,而是毫不犹豫地把它从奢侈品的皇冠上拉到了平民的椅子上,成了大众化的消费品。1819 年,500克巧克力的价钱高达 6 瑞士法郎,这在当时相当于一个普通工人三天的工资。1826 年,建立了一家巧克力工厂,所有机器设备的动力都来自水力,大大提高了效率,每个工人每天可生产 25 至 30 公斤巧克力,降低了成本。1830 年,勒拉赫和自己的儿子们在洛桑建立了一家工厂,并发明了欧洲榛果巧克力。一位屠户的儿子把巧克力与牛奶混合在一起,从此结束了巧克力带有苦味的历史,产品有了一个质的飞跃。同时，他发现 Henri Nestle（亨利·内斯特莱，雀巢公司创建者）最新发明的炼乳方法很好，遂用来制造出了美味的牛奶巧克力。

1879 年，鲁道夫·林特在伯尔尼大教堂下的阿尔河旁建立了自己的巧克力工厂。他发明了一种被称作"Conchieren"的工艺，在较硬的巧克力泥中加入可可脂，使瑞士巧克力有了今天高贵、精美的味道。

瑞士是世界上巧克力消费最高的国家，最高纪录为 2001 年人均消费巧克力 12.3 公斤。以我当过医生的经验，真觉得这么多巧克力的摄入，怕容易引起血糖、血脂的增高吧。

瑞士商店里的巧克力琳琅满目，品种有几百种之多，售价也很便宜，一块简装的没有华丽外壳的 100 克的巧克力，只相当于人民币几元钱，吃到嘴里，甜香软滑，非同一般。

说了这么半天，还是没有把瑞士巧克力天下第一的秘密揭露出来。其实，谜底很简单。导游指着车窗外说，因为瑞士有最好的奶牛，最好的奶牛挤出最好的牛奶，最好的牛奶就做出了最好吃的巧克力。

在阿尔卑斯山麓，有无边的草场和自由自在的奶牛。瑞士奶牛不是黑白花的，通常是红白花或是黄白花的。它们体形硕大，乳房饱满，无忧无虑地吃着草，好像生活在远古时代。导游说："你们注意到牧草了吗？"我瞅了半天，说看不出有什么特别的，只是这里没有污染，好像格外嫩绿。导游不满意，说："你没发现牧草的品种不一样吗？瑞士精心研究牧草，培养优良品种，有时候要花费五六年的时间，才能选定某种优质牧草的种子，播撒在地上，才会长出富有营养的牧草。吃着这种牧草长大的奶牛，才有可能挤出芬芳浓郁的牛奶，然后，才能保持世界第一的口味独特的巧克力啊！"

原来，巧克力的生产线是从牧草开始的，多么长远的谋略啊！

山色越发深了。车停下来休息，在欧洲，司机的工作时间是固定的，每两个小时必须休息，不得违背。车上有类似飞机上的黑匣子装置，只要汽车一发动，它就开始记录，包括测算司机每天的驾驶时间和休息的频率，以防疲劳驾驶。

此处景色优美，奶牛们三五成群，在牧场上优哉游哉地闲逛着，看到游客们，也不躲避，睁着好奇的大眼睛，好像在猜测这些人的来历。

有人充满善意地走过去，企图近距离地接触奶牛，和奶牛合影，抽冷子可能也想抚摸一把牛背什么的。导游赶紧招呼大家，说这万万使不得。

导游说："近几年来，在瑞士牛和人之间发生事故的比例，比过去多了许多。究其原因，可能是由于新的养殖方式造成的。"

过去奶牛受到人的照料比较多，现在，它们更多的时间是在牧场上散养，跟牧民接触的时间很少，已经不习惯跟人靠得很近。也就是说，在某种情况下，这些奶牛部分地恢复了野牛的天性，桀骜不驯。你别看它们好像长得很温驯，其实发起脾气来也是很剽悍的。即便是一头样子乖巧的小牛，也不可以随便触摸，否则，你就有可能被它追得到处乱跑，或者全身负伤。

再者，旅行者来自四面八方，没有和奶牛打交道的经验。看到奶牛生气了，他们也跟着惊慌失措，不知道如何是好。有些人本能地立即转过身撒丫子就逃，但这其实是最危险的举动，会刺激奶牛进一步发作。正确的做法是保持安静，慢慢地蹑手蹑脚地远离奶牛。

多出悲剧发生之后，瑞士徒步旅行协会发出郑重建议：别去打搅奶牛，更不要想着去触摸它们，可爱的小牛也很危险。不要试着去吓唬它们，不要死死地盯着它们看，也不要当着它们的面舞动棍子。万一发生极端的情况，你就瞄准它们的屁股来一下。

听导游这么一说，我们个个视牛如虎，再也不敢靠近。导游稍稍缓和了口气说，如果你实在太喜欢奶牛了，在离它们 20 米的地方看看还是可以的。

就这样，我虽然非常喜欢奶牛，但是没有留下一张和奶牛合影的照片，因为我在距它们25米之外。

山路越来越险，真不知道深山里的牛奶如何新鲜地卖出去。看来我的担心不是多余的，这个问题也逼着牧人们开动脑筋。一个名叫保罗·韦勒的牧人，每年都为他的奶酪销售犯愁。他的牧场使用太阳能，木材是用直升机空运来的，设备一流。奶酪则是牧场主按照传统方法制作的，质量绝对优等。可是因为交通不便利，他的产品就是销不出去。

头脑灵活的牧人想到了出租奶牛。他在网上刊登了奶牛的照片，一头奶牛整个夏天租赁费用为380瑞士法郎，估计可产70至120公斤奶酪，租赁人在9月份就可以来牧场收取奶酪——可以将其带走出售，也可以馈赠亲友。

多么聪明的牧人！保罗的计划大获成功，15头奶牛在网上被租赁一空。保罗还计划扩大服务范围，将周围几个牧场的奶牛通通在网上租赁出去。

真佩服保罗的好脑子，当然也佩服保罗的照相技术。想来他毕竟是主人，聪明的奶牛认得他，乖乖地让他照相，并且把自己的照片贴到互联网上，供人们评头论足。

离开瑞士的时候，有的人买了表，瑞士的手表当然是天下第一。我也买了瑞士天下第一的东西，这就是瑞士的巧克力。特别挑选了"三角"牌巧克力，因为喜欢包装上的图案——高耸的阿尔卑斯山。据说这个牌子的巧克力特意制成三角形状，就是为了纪念欧洲最高峰的身姿。也是为了立此存照，想到那些幸福的、自由自在的、偶尔发发小脾气的奶牛，它们分泌的精华就存贮在这块巧克力中。

后来，我又到过一个欠发达的国家，看到田里的耕牛目光惨淡、骨瘦如柴。它们的脊梁如悬崖般锐利，如果有什么人胆敢骑到它背上的话，牛肯定会在第一时间被压垮倒地，那个人的尾骨也会被牛背切出伤口。从此我对"骨瘦如柴"这个词，有了形象化的记忆。

那不仅仅是菲薄的瘦，更是生命的干涸和死亡的引燃。

如果我下辈子变成一头牛，就到人迹罕至的山里去，吃的是优质的草，挤出优质的奶。不要被人打扰，不要留下影子，百无遮拦、自由自在地在山坡上踱来踱去，为人间的香甜贡献一点力量。

# 戴胡子的女法老

　　法老是对古埃及国王的称呼，在埃及语中称作"佩罗"，现在的读音来自希伯来文的音译。它在象形文字中的意思是"高大的房屋"，后来代指"王宫"，理由很简单，王宫是最高大的房屋。新王国第十八王朝时，国王图特摩斯将"法老"的意思来了一个变化，成了"居住在高大宫殿中的人"，于是"法老"就顺理成章地成了对国王的尊称。

　　在埃及国立博物馆里可以看到一位法老的雕像，下巴颏儿上长着茂密的胡须，向前探出，好像一块洗袜子的小搓板，十分可笑。

　　还没等我笑出来，导游说，这是一位女王，她戴着假胡须。

　　一提到埃及的女王，我等游客做出恍然大悟的样子，知道知道，原来这是埃及艳后克里奥帕特拉。

　　导游正色道，克里奥帕特拉只是王后，而这是真正的法老，她叫哈特舍特谢晋①，拥有无上权力的古埃及女王。

　　女王和王后是有区别的。前者亲握权杖，而后者只是权杖的老婆。

　　后来，在尼罗河对岸帝王谷众多的祭庙中，看到女王哈特舍特谢晋的神庙是那样的美丽独特，据说这也是全埃及最优美典雅的建筑。在卡纳克神庙里，有哈特舍特谢晋为自己矗立的方尖碑，高

---

　　① 通常译作哈特谢普苏特、哈特舍普苏。

29.5 米，重达 350 吨。在上埃及阿斯旺的花岗岩采石场，还有一块重达 1000 吨的未完成方尖碑躺在山坡上，据说也是哈特舍特谢晋为自己建造的，因为开凿中石头出现裂缝才半途而废。

反复听到这位女法老的名字，看到和她有关的遗迹和景色，就对她生出了好奇。查了资料，才知道哈特舍特谢晋在位时间是公元前 1490—前 1468 年①，拥有当时世界上最强大的军队、最强盛的经济。她不是傀儡，而是控制着埃及最高权杖的真正的法老。她在执政期间，对内不用严刑峻法就维持了安定的秩序，对外不损一兵一卒就获得了和平。

但女人是不能成为法老的，尽管哈特舍特谢晋才能出众，也无法改变这一钢铁般的传统。她也颇动了些脑筋，先是在登上王位之前命人为自己编撰传记，并雕刻在大方尖碑上，非说自己是太阳神的嫡亲女儿。为了让神圣感进一步加强，她还在方尖碑的顶部放置了很多金盘，用来反射太阳的光芒，以便向所有人证明她的确来路不凡。

一不做二不休，女法老让她的建筑师把她刻画成一个有胡须的平胸战士形象。每当女法老在公共场合出现，必定是着男装并戴着假胡子，其实她有着柔和的面部，外带轮廓清秀的眉毛和大眼睛，是个十足的美女。

王室的恩怨和历史的偏见遮盖着历史的天空，无论女法老的政绩怎样突出，传统的以男性为中心的社会都是不会容忍一位女性担任法老的，就算她杜撰出了自己是太阳神的女儿这样的神话也万万不行。

结局在传说中是这样被描述的：哈特舍特谢晋刚刚驾崩，一伙军人就袭击了宫殿，把和她有关的一切都毁掉了。神庙中，她的浮

---

① 在位时间还有"公元前 1479—前 1458 年"及"公元前 1503—前 1482 年"两种说法。

雕和塑像或者被砍掉了脑袋，或者被砸断了臂膀。她的墓穴被洗劫一空，神庙墙壁上她的名字被刻意凿平。在整个埃及的官方记录里，和她有关的记载都被销毁了……

哈特舍特谢晋执掌法老的权杖 22 年，古埃及的男人们希望她的这段历史不曾存在过。她的雕像在被焚烧之后再泼上凉水而变得残缺不全，至今还能看到烟火的痕迹。她的名字也从方尖碑上被涂掉，取而代之的是她的父亲、丈夫和继子的名字。

但历史还是记住了这个曾经当过法老的佩戴假胡须的女人。在今天的埃及，在游客们眼中，最美丽的法老神庙是哈特舍特谢晋的达尔巴赫里神庙，最高的方尖碑是卡纳克神庙中赞叹哈特舍特谢晋的方尖碑。正如哈特舍特谢晋自己在碑上所写："未来看到我的纪念碑并讨论我的所作所为的人，切勿说一切不曾发生过，或将它看作我的自我吹嘘，而应当称颂她当之无愧，她的父亲也深感安慰。"

埃及是非常值得一去的国度。你不去美国，不去日本，你还可以想象，而且你的想象基本上是符合实际的。但你若不去埃及，你想象不出那里的神秘。

# 轰先生的苹果树

　　第一次听说此次日本之行，要在长野县大豆岛的农民轰太市先生家住一天时，半是欣喜，半是忐忑。高兴的是可以由此深入普通的日本人民中，体验一下他们的生活，真是难得的好机会。不安的是，想象中的轰先生是一个很严厉的人，因为"轰"这个姓总使我联想起夏天的暴雨和闪电雷鸣。

　　一见到轰先生，我就乐了。他是一个非常和善的老人，矮而健壮的身材，好像北方的橡树。他的大脑门亮晶晶的，在明媚的秋阳下，闪着汗珠。他不像常见的日本人，嘴角总是抿得很紧，仿佛时刻都在思索，而是经常忘情地哈哈大笑，好像一个快活的大孩子。

　　轰先生的家是一所古老美丽幽静的和式住宅，斗拱飞檐，显出一种历史的沧桑感。院落里林木苍苍，各色常绿植物修剪得异常精致，仿佛放大了的盆景，表明了主人不同凡俗的雅趣。

　　轰先生一家为我们的到来，真是忙坏了。你想啊，一下子来了五个外国人，吃喝坐卧，不是一个小工程。轰先生的妻子绿女士和他的妹妹、儿媳扎着浆洗一新的围裙，为了我们不停地忙碌着。我们品尝着精美的日式菜肴，吃得非常开心。吃完饭，轰先生招呼我们沐浴。

　　我心中有些嘀咕：天这么凉，要是冻出感冒，再转成气管炎，异国他乡的，岂不麻烦？

　　没想到，轰先生一家为我们想得周到极了，先是大小浴巾，再是和式睡衣，最后干脆抱来了两大摞长短袖的棉睡袍，堆在地上，好像两座小山。我们全副武装穿在身上，面面相觑，不由得开怀大笑。打趣说，男的都像鸠山、女的都像阿信了。

我们在轰先生家度过了非常愉快的一天。老人家自己种稻田。他招待我们吃的米饭，就是亲手种出来的。我敢肯定地说，这是我平生吃过的最香的米饭了。

我们都夸老人家的米好。他笑眯眯地说，我种的柿子那才叫好呢，全日本第一。我们听了频频点头，心想这样善良勤劳的老人种出的柿子一定出类拔萃。

轰先生接着骄傲地宣布，他种的富士苹果是全日本第二。他说得是那样肯定，我不由得问：是不是进行过正规的全国评比，您的苹果得了银牌？

老人眨着眼睛笑起来说，全日本第一的苹果还没有长出来呢，因为没有第一，所以，我的苹果树就是日本第二了。

我们愣了一下，明白了老人家的诙谐与幽默，也会心地笑起来。不管怎么说，看轰先生的自豪样儿，他的苹果树百里挑一那是没得说了。

吃了午饭，我们和轰先生的文友欢聚座谈。轰先生是作短歌的高手，又是短歌同人刊物《原型》的主编，亦农亦文，深受大家爱戴。

座谈会开得非常成功，但我心里一直惦记着轰先生的苹果树。说起来惭愧，从小到大，我吃过无数的苹果，但还从没有自己亲手从树上摘过苹果。没想到东渡扶桑，到日本的果园来摘苹果，这苹果又是全日本第一，真是一件有趣而又有意义的事情。

我们沿着乡间的小路，缓缓地向轰先生的果园走去。10月的日本晴空万里，干燥凉爽的秋风，带着苹果的甜香扑打着我们的衣襟。远处山峦上最初染红的枫叶，像拍红的手掌，在招呼着我们。

这一带是苹果产地，果然名不虚传。一株株精心培育的苹果树，迎风而立，硕果累累。小路四周的地面，银光闪闪。果树下的土地上都铺着雪亮的金属箔，好像无数面巨大的镜子，用以反射阳光，普照苹果的各个部位。这样结出的苹果不但颜色像玫瑰一般艳丽，而且含糖量高。果园的上空还罩着结实的尼龙网，刚开始我们还以为是防盗，后来一问，才晓得是为了防鸟啄食苹果，这样才能保证每一个苹果都无褶无疤，玉润珠圆。

我一边走一边想，轰先生的苹果树既然是全日本第一，那他树下的银箔一定最亮，他树上的尼龙网一定最大，他的苹果一定像红宝石一般美丽。

正想着，轰先生停下脚步说，喏，到了，你们可以尽情地摘苹果了。

我定睛一看，吓了一跳。这实在是一片太平凡的苹果园。咳！甚至连平凡也算不上的。苹果树上没有遮天蔽日的尼龙网，苹果树下没有银光闪闪的金属箔，树不高大，果不繁密，在周围一大片人工精心雕琢的果园中，显得简朴而随意。树上的苹果因为没有接受到阳光各方面的照射，半边青半边红，远没有想象中那般夺目。

轰先生，这是您的苹果树吗？我半信半疑地问。

噢，我也不知道这是谁的苹果树。不过，你们摘就是了，保证没有人来管你们。别看这树上的苹果不大好看，可它的味道可好了。它里面有蜜！轰先生摇着他聪明的大脑袋，眨着眼睛说。

我们走进果园，七手八脚地开始摘苹果，站在苹果树下大吃起来。平心而论，轰先生的苹果还是相当优良的，甜脆爽口。但因为没有尼龙网和金属箔的养护，果皮上有小鸟啄过的黑斑点，味道也略略有点酸。

人真是不知足的动物。我一边大嚼着轰先生的苹果，一边紧盯着邻居家的果园，心想别人那边像红灯笼一样鲜艳的红苹果，该是更好吃吧。

我们吃饱了苹果，又摘了一兜，才迎着暮色回到轰先生的家。真应了那句中国老话：吃不了，兜着走。

丰盛的晚饭后，轰先生拿出纸笔，文人们开始舞文弄墨了。

我写诗是外行，站在一旁伸着脖子屏息欣赏。

轰先生写下他的一首短歌：

我闭着眼睛，四周一片寂静，

沿着阶梯，走向湖泊的深处，

那里，

有什么呢？

那一刻，四周真的变得十分寂静。听了轰先生的诗句，我的心灵深处有一根琴弦被触动，有一种温暖的感动壅塞喉头。

大家笑着追问老人，在湖底到底会有什么呢？

恰在这时，轰先生的妻子绿女士来为我们送茶，轰先生遂一本正经地回答，那里有美人啊！说着，亲热地拍了绿女士一下。

我们大笑，为了轰先生的风趣和他美满幸福的一家。

在轰先生家的榻榻米上安睡一夜。清晨，要告别了，大家恋恋不舍地分手。我为轰先生写下了这样一句话："您使我想起了中国神话中的山野仙翁。"

到了东京，在车水马龙的城市人流里，在扑朔迷离的霓虹灯下，我又拿出轰先生的苹果端详。它朴素天然，携一种大自然的清新空气。这其中又注入了轰先生对中国人民的深情厚谊，越发显得沉甸甸了。

我坚信，它是日本第一的苹果。

# 童话世界里的幸福国王

不丹的旺楚克家族，原为不丹地区部落首领之一，1907年，这个家族利用武力和英国的帮助，统一了不丹地区，从清政府的统治下脱离出来，成为一个独立的王国。当时的家族首领乌颜·旺楚克成为不丹第一任国王。在他的孙子——旺楚克三世国王的统治下，从20世纪50年代到60年代，不丹用谨慎的步伐，向外部世界和现代化发展打开了大门。

1972年，44岁的旺楚克三世突然去世，他的儿子，被从伦敦剑桥大学的课堂上叫回来，加冕成为新国王。那一刻，他年仅17岁，被人们称为"童话世界里的英俊国王"。不过现实生活并不是童话，他面临严峻考验。好在他虽然年幼，已经颇有经历。8岁时，就离家到印度求学，10岁远赴英国，14岁进入剑桥大学。

国外求学经验深深影响了旺楚克四世，他带着对西方国家"以经济发展为优先"的质疑回到不丹。年轻国王开始思考：小小的不丹将向何处去？他敏锐地意识到无法控制的"经济发展"，很可能是一把双刃剑。

他目睹西方国家在现代化过程中，一路充斥着战争、污染、高失业与犯罪等等弊端，财富多了，幸福却并不成比例地增加。物质享受丰富了，亲情却日见疏远。人民到底需要什么？不丹这个穷困的小国该往哪里去？年轻的旺楚克四世花了两年，步行全国，探访民情，对肆无忌惮的物质主义泛滥有了清醒的认识。他不需要眺望远方就可以找到惨痛的教训。不丹的近邻尼泊尔，在20世纪60年代对外开放之前，和不丹非常相似。尼泊尔在全世界现代化的大潮中，犹如一叶小舟，随波逐浪而去。既没有尝试有计划的发展方向，也没有限制外来思潮的影响，经济发展的负面影响随之而来。民风败坏，美丽的喜马拉雅山脚下，成了全世界吸毒者的乐园。土壤污染，官僚腐败，整个国家付出了巨大的经济、环境和人文成本。

一个重要的思想在旺楚克四世胸中萌生。1979 年，他首先提出了"国民幸福的总值比国民生产总值更重要"。这个国民幸福总值被简称为 GNH。也称幸福指数。

幸福指数——这个又甜蜜又令我们陌生的名词，包括哪些部分呢？

要想幸福，一个国家必须保护好自己原有的生态，要有清洁的水源，繁茂苍翠的森林，和谐共生的万物，没有污染的食物和空气……在今日不丹，这些都唾手可得。有 26% 的领土是国家公园，森林覆盖率达到了 60% 以上。不丹到处青山绿水，我多次站在首都廷布郊外的清澈河流边发呆，艳羡不止。我不知道在中国还有多少这样水清见底的河流？也许在深山老林中还有一些潺潺小溪吧？但在大城市周围，我断定再也没有了如此清凉甘甜的天然水源。

不丹王国政府并非闭关自守，它致力于实现国家的现代化，2005 年人均收入达 712 美元，在南亚各国中是比较高的。发展经济的同时，不丹重视保护环境和生态资源，每年只允许 6000 名外国游客入境旅游，而且他们的行程还必须经不丹政府的官方审核。

旺楚克四世国王有意识地选择弱化自己的权力，增强民主选举的机构。2008 年，不丹国会批准了不丹的第一部宪法。宪法的第九章写入："国家应该努力去发展那些有利于国民幸福总值的追求成为现实的条件。"国王主动要求交出权力，民众却似乎不喜欢民主制度。民众的态度是：既然我们有这么好的国王，干吗还要折腾人的选举呢？国王回答说，你不能保证每个国王都是明君啊！为了预防以后可能出现的局面，不丹一定要推行民主。同年，旺楚克四世国王退位，由他 28 岁的儿子继承王位。

不丹有自己独特的做法。比如很多第三世界国家赖以生存的旅游业，不丹就独辟蹊径，开展高价值的高端旅游业，而不是大众旅游服务项目。

不丹是我们的邻国，直线距离不过几百公里，它是现在我们所有邻国旅游费用最贵的国家。从中国去一趟欧洲 8 国 12 天行程的价钱，还不够去不丹 7 天的旅游费用。

为什么这样昂贵呢？因为不丹为了保护自己的资源，并不希望低端的旅行大行其道，不欢迎背包客。那样会加速污染不丹的山川，破坏不丹的民风。

不过也不能闭关锁国，不发展旅游业啊。于是他们制定了一个高端旅行策略：每个到不丹的旅行者，每天用在住宿和路费上的花销，最少要在 200 美元以上，这还不算你的个人消费。这笔钱是要提前支付，并汇入不丹国家银行，你才能拿到签证。这道门槛，让想省钱的背包客，根本就进入不了不丹。

不管外人对不丹这种策略怎样评价，不丹我行我素，保持着山河的秀美和民风的淳朴。在发给我们的旅行册页上明确写着：旅途中请不要给不丹的孩子们以糖果，那样会毒害他们的心灵……看到这一条的时候，我突然觉出自己以往的龌龊。当我们到达某个第三世界国家的时候，常常会给孩子们糖果，我们以为这样是对他们的友好。不丹的提醒，给我们上了一课。

# 旅游预习

旅游常常被复习。比如眉飞色舞地向亲朋好友讲述风光，比如把自己所摄的摇摇晃晃的看着都头晕的 DV 向人演示，比如家里贮藏着数以公斤计的照片，比如忙不迭地指着电视屏幕一闪即逝的某处胜景，说：我去过去过……

但是，旅游需不需要预习呢？要到一个地方去，是否事先多了解一些当地的风俗风光，向已经去过的先驱者打探有关的注意事项？简言之——旅游做不做预习？

大概分两派。一派是主张多看看有关的材料，这样心中有数，到了目的地，可以有的放矢，让有限的时间发挥最大的效益，自己的举手投足，甚至每一眼瞟去的地方，都物有所值，把浪费的系数减少到最小，分分秒秒颗粒归仓。

还有一派比较随心所欲。不做功课，贸然出动。赶上什么算什么，风吹雨打都是缘分。碰上什么吃什么，风餐露宿全为乐趣。闲云野鹤自由自在，流浪漂泊，到什么山上唱什么歌……只有大框架，没有细安排。

我内心渴望旅行中有很多奇怪的事情发生，不喜欢一切都在计划的桎梏中亦步亦趋。同时又害怕意外频发命运多舛。这就立场游移界限不清，时而循规蹈矩按图索骥，时而又摩拳擦掌尝试探险，于是成了面目可憎的骑墙派。

具体到细节中，也是这般举棋不定。到某地出游之前，看不看别人的游记和有关的介绍呢？如果不看，瞎子摸象地出发了，回来才发现有一些美景失之交臂。比如到西伯利亚的贝加尔湖，看到当地很多售卖海豹海狗的小模型，模样煞是可爱。心中喜欢，却想这也不是当地的特产，不过是因为靠近北冰洋（贝加尔湖只有一条出湖的河流，叫作安加拉河，流入北冰洋），仗着地理优势，把那里的特产顺手牵羊了。看透了这些海物的真实来历，狠下心来，坚决不买。回家后查了资料才知道，这些动物正是贝加尔湖的一大特色，或者说是一大蹊跷。它们是生活在贝加尔湖中的淡水海狗海豹，天下绝无仅有的景致。甚至有传说揣测，在永冻土层之下，贝加尔湖和北冰洋孔道相连。淡水的海狗和海豹是史前时期，经由地下从北极游过来的。

失之交臂，郁闷啊郁闷！看，这都是不预习的坏处。

也有反面的例子。20 世纪 80 年代，我到西北。当地朋友说，明天去看阳关。就是那个"西出阳关无故人"的阳关吗？我说。

难道还有第二个阳关吗？朋友翻着眼白问，很吃惊的样子。

当然没有第二个阳关了。只要会背十首唐诗，你就会对阳关情有所钟耿耿于怀。那时资讯不发达，没有互联网也没有电视，所有关于阳关的印象都来自唐朝。我说，阳关好看吗？接待同志说，说不得啊说不得。我说为什么？当地人答，说了就没啥了。本来以为问问能明白，不想下场是更糊涂了。第二天，驱车 80 公里到了阳关。在我看到阳关的那一瞬间，就明白了阳关是不可说的。站在阳关前，目光凄迷。那道景致的全名叫作"阳关遁去"。昔日的喝酒的离别的繁华的歌舞升平灯红酒绿的阳关，已经在莽莽黄沙下长眠。细密的沙被漠风运起，如同夏雨前的蚁群掠过脚踝，留下酥麻的热感和浅淡的痛。云天浩森大漠苍苍，你看到的只是荒丘和沙海，还有呼啸的长风和走动的烟霞。

幸好，我在这之前不知道阳关的任何现代版消息，才有了那劈头盖脸的愕然和惊骇，才有了那挥之不去的愁索与眷恋。假如被人提前告知了阳关的隐没，以我这样一个怕苦怕累之徒，是否还会跋涉百里去探看身无长物一贫如洗的阳关？

很多风光都在记忆中淡去，唯有什么都没有看见的阳关，却以无尽的遗憾和萧飒在情窦中永生。这也许就是不可言说的万千惆怅吧？

从此，我固执地记取了这个经验，对那些充满了想象的地方，有意地不去查找资料。就让它们在想象中浮沉，享有海阔天空的余量。倘若有什么人好心好意地要告知我，我会迫不及待地捂他的嘴，像一个不想直接听到足球比赛结果的球迷。请让我自己去看吧，知道得愈少愈好。

# 我这样教学《精神的三间小屋》

执教：李劢

这是一篇富有哲理的议论性散文，谈的是建设心灵（或称为建立精神栖息地）的问题。在本文中，作者以小屋作比，对人需要什么样的精神生活，又如何构建自己的精神空间表达了独到的见解：若有可能，要为自己的精神修建三间小屋：第一间盛放爱与恨，第二间盛放事业，第三间安放自身。作者在阐述这些事理时，思辨色彩较为浓厚，如何让九年级的学生明白精神丰富对于人生的意义；如何让学生们在饱含浓郁文采的字句中体会到：情感、事业、精神应融为一体，才能成为一个幸福快乐的人。这些都需要老师悉心引导。

因此，阅读本文最需要的是感悟，要加强个性化的阅读，充分调动自己的生活经验和知识积累，让学生在积极主动的思维和情感活动中，结合思考、讨论、交流、书面表达等方式，不断引导学生感悟和理解人生，熏陶心灵，从而获得思想启迪，享受审美乐趣，最终在长期的社会实践中建立自己的精神家园，诗意地栖居在大地上。

基于以上考虑，这篇课文的教学目标和教学内容做出如下规定：

◎**确定核心教学目标**：理解"精神的三间小屋"的深刻内涵及关系，引导学生关注自身心灵，提升精神境界。

◎**确定支撑核心教学目标的教学内容**：

1. 品味文章具有的独特美学风范的语言。

2. 体会本文"大中求小，以小见大"的精妙构思。

基于以上教学内容的安排，教学过程主要有如下环节：

**一、导入**

"苔痕上阶绿，草色入帘青。"唐代诗人刘禹锡在《陋室铭》里描写了一间充满清幽雅静情趣的小屋。"山如眉黛，小屋恰似眉梢的痣一点。"这是现代作家李乐薇在《我的空中楼阁》里描写的一间独立、安静、超然物外的小屋。

我们今天要领略的也是小屋，不过有三间，而且还是精神上的，"身安不如心安，屋宽不如心宽。"这就需要我们走进文字，深入领悟了。今天我们就来学习毕淑敏的《精神的三间小屋》。

**二、整体感知，理清文脉**

1. 读题设疑，引导学生围绕课文标题提出读者想知道的问题。

明确：作者心中理想的三间精神小屋分别是什么样子的？

作者为什么要修建这样的三间小屋呢？

作者认为该如何去修建这精神的三间小屋？

2. 教师范读课文，指导学生带着这三个疑问听读，用笔勾画出相关内容。

3. 分析文章结构，理清作者思路。

明确：第一部分（第1—6自然段）引出话题——如何布置我们的心灵空间。

第二部分（第7—17自然段）分析人们的精神世界里应该建立"三间小屋"。

第三部分（第18—19自然段）指出把精神的三间小屋建筑得美观结实的条件，并希望在此基础上把小屋扩建成精神大厦。

**三、细读文本，感悟精神**

1. 第1—6自然段写的是什么？与后文写的精神的三间小屋有什么关联？

明确：第1—3自然段：是全文的引子，表达了作者对两句名言的感慨与思考。引出对精神空间的理解。第4—6自然段：由身体活动的空间引出对人心灵活动的空间的思考。

2. 第一间精神小屋是什么样的？作者是怎样描述的？

明确：第一间，盛着我们的爱与恨。作者首先选用两组带有对立情感的排比句，说明这种对比鲜明的爱和恨会将小屋挤得满满的，接着又用了几个比喻句形象地写出人生爱恨交织的经历。接下来用一个假设句，告诉人们精神的小屋应多装爱，充分体现了作者如大地、海洋、天空般深广的胸怀。

3. 第二间小屋盛放我们的事业，作者是怎样描述的？

提示：我们可以这样来理解：

首先是寻找阶段，站在高处向远方望去，高瞻远瞩，确立远大目标。

其次是耕耘阶段，再苦再累，在所不惜，只要努力达成目标。

最后境界是收获阶段，已经为追寻目标精疲力竭，快要放弃时，却在最不起眼的地方获得了成功。

4. 第三间，安放我们自身，作者是怎样描述的？

明确：作者首先用一个反问句引出下文，接着用了两个比喻句说明没有自己的悲哀。告诫人们：做人不能迷失了自我。

思考：理解本段的重难点是"自身"，如何理解文中"自己的思维""自己的发现""自己的意见"？

明确：通过举例分析说明这里的"自身"不单指人的个体生命，更是指向这个个体生命所具有的特立独行的人文精神。它是一种积极的心态，更是一种崇高的精神境界，甚至是一种不为形役、高远圣洁的人生境界。所以，我们只有学会珍视自我，这间小屋才会更加独特与安稳。

5. 概括第18、19自然段的内容：

总结全文，指出建立精神栖息地是我们的义务和权利，提出扩大精神空间的建议。

**四、写法探究，归纳主旨**

1. 学生讨论：有人认为三间小屋之间是并行平列关系，你同意吗？

明确：情感、事业、自身是密不可分的。情感是精神的基石，事业是精神的支撑，自身则是精神的栖息地。

2. 分析文章结构，体会"大中求小，小中见大"的精妙构思。

讨论：精神的小屋"三间"足矣，房屋的空间，虽"小"足矣。可作者在文章开头却说"人有一颗大心""人的心灵，应该比大地、海洋和天空都更为博大"，这里的"小屋"与"大心"矛盾吗？

小结：人类情感丰富多彩，事业五色斑斓，对自身的认识也是逐渐拨云见日的，房屋虽"小"，可盛放的宝物却是无法用数字来计算的，作者是借几间小屋使大心具体化、形象化，这样大中求小，衬托呼应，既是作者行文的机智，更是作者谦逊人格的体现。三间小屋组成了作者辽阔的精神世界，如果人人都能像毕淑敏那样建造好自己的精神小屋，间间累积势必会蠢起一幢民族的精神大厦！

根据以上教学环节设计，通过同学们反复品读文中的重点语句，把握文章前后的联系，以及结合自身的学习和生活进行切身体验，重点引导学生感悟文章的道理。教师在组织教学中，引导学生品味语句，感悟人生，让学生在理解文章主旨的同时，感悟人生的真谛。课堂上有这样一幕，呈现如下：

师：作者认为精神小屋的第一间是情感小屋，情感小屋如阳光雨露，滋润你；第二间是事业小屋，事业小屋如大米白面，充实你，那么第三间，你觉得应该盛放什么？

请大家独立思考一分钟，然后补写。

生：第三间，安放我们的疲惫。在尘世中行走，我们常会觉得

228

疲惫，带着疲惫上路，是一种致命的错误——负担太多，会使你过早地累倒。我们需要有这样的一间小屋，每至夜幕降临，我们可以在这里暂歇，卸下一身的疲惫，舒缓那绷得紧之又紧的神经，然后，在天亮的时候，又可以精神奕奕地前行，直到路的尽头，直到终点。

师：有一间小屋让我们驻足歇一歇，盛放我们的疲惫，注入生命的能量，这也可以称得上是我们精神的加油站啊！其他同学的想法呢？

生：第三间，珍藏我的哭与笑。我把泪水珍藏在我的小屋，它使我能够笑得更灿烂。抬头望望蔚蓝的天，是泪水让天空在眼中变得更湛蓝。如果说哭是那一片蓝天，那么笑必定是太阳，没有太阳，天再怎么蓝也总带着那层灰色。

师：珍藏哭是为了铭记笑的喜悦，容纳笑是为了刻下哭的价值。在这间小屋里，有哭有笑，生活因此而多姿多彩。

生：第三间，盛放我们的责任。一个人，首先必须为自己负责，然而更多地对周围关爱你的人负责，对社会负责。一位没有责任心的人，哪怕过得再充实，也必将浪费人生的存在。

师：说得好。责任有大小，有一间精神小屋来安放它，也让我们时刻铭记自己肩负的责任，行动有方向。

生：第三间，盛放我们的财富。也许我们的物质生活并不富裕，但在每个人心中，都应有一笔财富，那是我们活着的价值。你的知识是财富，它可以成就你的事业；你的经历是财富，它可以不断完善自我；你的理想是财富，它可以一直为你指路；你的毅力是财富，它可以伴你走遍千山万水；你的自信是财富，它可以助你攻克重重难关……将这些财富充满你的第三间小屋，你将变得更充盈而丰富。

师：了不起啊！具体来说，你这间小屋盛放的是我们的精神财富，时刻指引着我们勇往直前。同学们都说得挺好，我们来看看原文。

全班齐声朗读第 14—17 自然段。

师：在文中作者为什么称"在我们的小屋里，住着所有我们认识的人，唯独没有我们自己"？

生：这是因为我们缺乏独立的思考能力。文中说："我们把自己的头脑，变成他人思想汽车驰骋的高速公路，却不给自己的思维留下一条细细的羊肠小道。"这里用"高速公路"和"羊肠小道"进行对比，突出了我们在思想上的盲从，没有自我。

师：你能紧扣文本来理解，说得真好！

生：文章接下来还说道"我们把自己的头脑，变成搜罗最新信息网络八面来风的集装箱，却不给自己的发现留下一个小小的储藏盒"，我觉得是因为我们丧失了用自己的心灵去看见世界的能力，毕竟，看，靠的是眼睛；看见，靠的是心灵。

生：还因为我们不敢真实发声。面对外面的世界，我们喜欢把真实的自己隐藏起来，不轻易表露自己真实的情感，所以丢失了自我。

生：这是因为我们比较容易羡慕别人的生活，一味地去模仿他人，久而久之，就失去了自己。

……

师：大家能结合自己的生活体验来理解人生，非常难得。正如大家所说，因为我们的头脑、思维、言行都受到别的人或事物的束缚，容易成为别人的附庸，失去了自我。那么，作者把"我们的自身"作为重要的一间精神小屋，请你仔细阅读，并结合平时的生活感悟，思考我们该如何安放"我们的自身"呢？

学生默读第 14—17 自然段，独立思考，同桌交流，鼓励主动回答。

生：首先我们要接纳自己的一切，再真实地表达自己，大胆地与人交流。

生：英语中有一个词组：to be one's own man. 我们要做自己的

主人。

生：我们要用我们的眼去看，用耳朵去听，用我们的心去感受，用我们的头脑去思考。

师：自我小屋是很重要的一间精神小屋，是我们最应珍视的一处心灵栖息地。因为有了主见，才能明确所爱、所恨，才能懂得怎样的事业才能带给我们真正的快乐。这间自我小屋是联系前两个小屋的纽带，它犹如人生中的一面镜子，让我们认识自己。


文章以三间小屋为载体，阐述了精神追求的内涵及其意义，激励我们要关注自我心灵，提升精神境界。只有拥有"健康""庄严""努力""真诚"，我们才能拥有幸福而充实的生活。

回顾这堂课的教学情况，透过作者朴实细腻、意蕴深厚的语言以及新颖独特的构思，学生完全能够理解文本的主旨。如何让学生在阅读实践中逐步学会独立思考，真正会读书，这是本节课的阅读教学策略。引导学生细读文本、感知文意，通过教师的点拨启发，围绕重难点思考交流，鼓励学生亲自体验阅读的过程并发表独立见解，一节课下来，学生的思维游走在文本与生活之间，在读懂的基础上生成领悟，深入浅出，游刃有余。尤其是对"安放我们自身"的第三间小屋的理解，学生对"精神"有了更深入的认识，而在交流"我的第三间精神小屋"这一话题时，学生结合自己的生活经历、情感体验，畅所欲言，让我们看到了一个个有血有肉、有理想、有感情的生命个体，这是多么宝贵的阅读体验。


附板书：　　　　　　　　　　　或

231

图书在版编目（CIP）数据

精神的三间小屋 / 毕淑敏著. -- 武汉：长江文艺
出版社，2018.10（2022.12 重印）
ISBN 978-7-5702-0649-0

Ⅰ. ①精… Ⅱ. ①毕… Ⅲ. ①散文集－中国－当代
Ⅳ. ①I267

中国版本图书馆 CIP 数据核字（2018）第 220254 号

责任编辑：程华清　　　　　　　　　责任校对：毛季慧
封面设计：徐慧芳　　　　　　　　　责任印制：邱　莉　杨　帆

出版：　长江出版传媒　　长江文艺出版社

地址：武汉市雄楚大街 268 号　　　　邮编：430070
发行：长江文艺出版社
电话：027—87679360
http://www.cjlap.com
印刷：湖北画中画印刷有限公司

开本：640 毫米×970 毫米　　1/16　印张：15
版次：2018 年 10 月第 1 版　　2022 年 12 月第 2 次印刷
字数：170 千字

定价：26.00 元